Cárcel de Amor

Cárcere de Amor

Apoio
Biblioteca Paulo Masuti Levy

Diego de San Pedro

Cárcere de Amor

Tradução
C. Giordano

Oficina do livro
Rubens Borba de Moraes

imprensaoficial

Cárcere de Amor

consta como uma das novelas mais famosas escritas no mundo; popularíssima em seu tempo na Europa, reimpressa mais de meia centena de vezes em seu idioma natal — o espanhol — e em línguas estrangeiras, durante três séculos foi tema da conversa das pessoas comuns e das penas cultas; foi breviário de amor, código de elegância, arquivo de comportamento cortês para damas e cavalheiros do Renascimento e da Idade de Ouro; livro predileto das senhoras, tal como a doutíssima princesa Isabel d'Este, de quem se conta "que fez revirar as livrarias de Milão para encontrar um Cárcere de Amor *e distrair-se com sua leitura"*[1].

"Esta novela influenciou profundamente os corações, os costumes e as letras universais desde os tempos remotos da Idade Média até os umbrais do prosaico século XVIII, mas caiu injustamente no olvido, convertendo-se em exclusivo e limitado objeto da curiosidade histórica e erudita, apesar de suas muitas e fundas coincidências com o espírito romântico da literatura moderna, com seu sentido feminista lúgubre e sutil, calcado nos transes da paixão de amor; com as ternuras e

1. D. Ricardo León, prólogo de Carcel de Amor, adiante citado.

também com os exageros mórbidos da sensibilidade contemporânea[2].

Entre outras coisas, diz Alabarce, “Cárcere de Amor *mistura elementos heterogêneos, como são o começo alegórico, a exposição epistolar e os lances cavaleirescos. Há na obra evidente exagero, artificialismo, formalismo; o debate final está cheio de lugares-comuns e puerilidades: apesar disso,* Cárcere de Amor, *a novela sentimental, representa o começo da literatura intimista e epistolar na Europa, os alvores da literatura de análise psicológica. Nisto e em certo encanto de época, radicam seus valores mais importantes*”.

Pouco se sabe de seu Autor: Diego Fernández de San Pedro teria nascido em 1438. Frequentou a corte dos Reis Católicos, onde era conhecido como poeta e novelista. Escreveu também Tratado de Amores de Arnalte e Lucenda; *poemas seus acham-se no* Cancioneiro Geral *de 1511. Morreu entre 1497 e 1500.*

Esta tradução se fez a partir da edição da Biblioteca Renacimiento, Colección Gil Blas, dirigida por Don Ricardo León: Cárcel de Amor, *novela compuesta por el Bachiller Diego de San Pedro, Alcaide de Peñafiel. Gil-Blas, Renacimiento; sem data*

2. Idem.

nem local de impressão (provavelmente primeira metade do século XX, Madri).

Usou-se também o texto da edição: Obras de Diego de San Pedro. Cárcel de Amor – Arnalte e Lucena – Sermón – Poesias – Desprecio de la Fortuna – Questión de Amor. *Intoducción de Arturo Souto Alabarce. 3ª edición. Editorial Porrúa, México, 1991. Recorreu-se ainda ao texto original aqui reproduzido e obtido da internet*[3].

As ilustrações foram extraídas da obra notável de Francisco Vindel, em dez volumes, intitulada El Arte Tipográfico en España durante el siglo XV (Madri, 1945/1954), *tomo referente à Catalúnia, que reproduz as xilogravuras do incunábulo da tradução catalã de 1493 de* Cárcel de Amor.

Os interessados tirarão proveito da leitura de "El sentimiento amoroso de la Cárcel de Amor" de César Besó Portalés, ensaio disponível na internet[4].

A editoração dos textos se fez imaginando o ludismo de um tipógrafo do século XVI, quase se divertindo na realização de seu árduo trabalho de ir criando as palavras e as frases com aqueles mágicos tipos recém-inventados.

C. GIORDANO

3. www.cervantesvirtual.com
4. www.ucm.es/info/especulo/numero21/carcelam.html

Índice

carcel·amor

CÁRCERE DE AMOR

romance composto pelo
bacharel
DIEGO DE SAN PEDRO
ALCAIDE
DE PEÑAFIEL

OFICINA DO LIVRO
RUBENS BORBA DE MORAES

imprensaoficial

El siguiente tratado fue hecho a petición del señor don Diego Hernandes, Alcaide de los Donceles, y de otros caballeros cortesanos: llámase *Cárcel de Amor*. Compúsolo San Pedro. Comienza el prólogo así:

Muy virtuoso señor:

Aunque me falta sufrimiento para callar, no me fallece conocimiento para ver cuánto me estaría mejor preciarme de lo que callase que arrepentirme de lo que dijese. Y puesto que así lo conozca, aunque veo la verdad, sigo la opinión. Y como hago lo peor nunca

O seguinte tratado se fez a pedido do senhor D. Diego Hernandez, alcaide dos donzelos e de outros cavaleiros da corte. Chama-se *Cárcere de Amor*. Composto por San Pedro. O prólogo começa assim:

Mui virtuoso senhor:

Apesar de faltar-me sofrimento para que cale, não me falece conhecimento para ver quanto me seria melhor jactar-me daquilo que silenciasse do que me arrepender daquilo que dissesse: embora tenha consciência disso e saiba o que é certo, sigo a voz corrente; e como pratico o pior, nunca fico sem castigo, pois se erro com ignorância, pago com vergonha. É verdade que no

quedo sin castigo, porque si con rudeza yerro con vergüenza pago. Verdad es que en la obra presente no tengo tanto cargo, pues me puse en ella más por necesidad de obedecer que con voluntad de escribir. Porque de vuestra merced me fue dicho que debía hacer alguna obra del estilo de una oración que envié a la señora doña Marina Manuel, porque le parecía menos malo que el que puse en otro tratado mío.

Así que por cumplir su mandamiento pensé hacerla, habiendo por mejor errar en el decir que en el desobedecer, y también acordé enderezarla a vuestra merced porque la favorezca como señor y la enmiende como discreto. Como quiera que primero que me determinase estuve en grandes dudas: vista vuestra discreción temía, mirada vuestra virtud osaba; en lo uno hallaba el miedo, y en lo otro buscaba la seguridad, y en fin escogí lo más dañoso para mi vergüenza y lo más provechoso para lo que debía.

Podré ser reprehendido si en lo que ahora escribo tornare a decir algunas razones de las que en otras cosas he dicho. De lo cual suplico a vuestra merced me salve, porque como he hecho otra escritura de la calidad de esta no es de maravillar que la memoria desfallezca. Y si tal se hallare, por cierto más culpa tiene en ello mi olvido que mi querer.

Sin duda, señor, considerando esto y otras cosas que en lo que escribo se pueden hallar, yo estaba determinado

caso da presente obra não sou tão culpado, pois a ela me entreguei mais por obrigação de obediência do que por vontade de escrever, porquanto da parte de vossa mercê foi-me dito que deveria produzir algo ao estilo de certo texto que enviei à senhora Marina Manuel, por vos parecer menos ruim do que aquele que eu empregara em outro tratado meu que tínheis visto.

Assim, para cumprir vossa ordem, decidi fazê-la, preferindo errar dizendo a errar desobedecendo. Decidi outrossim dedicá-la a vossa mercê para que a proteja como senhor e a corrija como prudente que sois. De todo modo, antes que afinal me decidisse, vi-me em grandes dúvidas: diante de vossa prudência, hesitava; considerando vossa virtude, atrevia-me. Num encontrava o medo, noutro procurava a segurança: ao cabo escolhi o mais prejudicial à minha vergonha e o mais vantajoso ao meu dever.

Poderei ser recriminado se naquilo que escrevo agora venha a repetir alguns conceitos dos quais falei noutros passos. Disso suplico a vossa mercê me releve porque, como já produzi outro escrito da naturea deste, não é de espantar que minha memória esmoreça. Em tal ocorrendo, o maior culpado será certamente meu esquecimento e não minha vontade.

Sem dúvida, senhor, levando em conta isso e outras coisas que se podem achar no que escrevo, decidira eu parar já com prosa e verso, a fim de livrar minha ignorância das críticas e meu espírito de trabalhos. Parece,

de cesar ya en el metro y en la prosa, por librar mi rudeza
de juicios y mi espíritu de trabajos. Y parece, cuanto más
pienso hacerlo, que se me ofrecen más cosas para no
poder cumplirlo. Suplico a vuestra merced,
antes que condene mi falta, juzgue mi
voluntad, porque reciba el pago
no según mi razón, mas
según mi
deseo.

porém, que quanto mais penso fazê-lo, mais motivos se
oferecem para não lograr cumpri-lo. Rogo, portanto, de
vossa mercê que antes de condenar minha
falta, julgue minha vontade, para
que eu receba o pagamento
não segundo minhas
palavras, mas
segundo meu
desejo.

Comienza la obra

Después de hecha la guerra del año pasado, viniendo a tener el invierno a mi pobre reposo, pasando una mañana, cuando ya el sol quería esclarecer la tierra, por unos valles hondos y oscuros que se hacen en la Sierra

Começa a obra

Finda a guerra do ano passado e chegando o inverno em minha pobre morada, passeava eu certa manhã, quando já o sol queria iluminar a terra, por uns vales fundos e sombrios que se formam na Serra Morena,

Morena, vi salir a mi encuentro, por entre unos robredales donde mi camino se hacía, un caballero así feroz de presencia como espantoso de vista, cubierto todo de cabello a manera de salvaje. Llevaba en la mano izquierda un escudo de acero muy fuerte, y en la derecha una imagen femenil entallada en una piedra muy clara, la cual era de tan extrema hermosura que me turbaba la vista. Salían de ella diversos rayos de fuego que llevaba encendido el cuerpo de un hombre que el caballero forzadamente llevaba tras sí. El cual con un lastimado gemido de rato en rato decía:

— En mi fe, se sufre todo.

Y como emparejó conmigo, díjome con mortal angustia:

— Caminante, por Dios te pido que me sigas y me ayudes en tan gran cuita.

Yo, que en aquella sazón tenía más causa para temer que razón para responder, puestos los ojos en la extraña visión, estuve quedo, trastornando en el corazón diversas consideraciones: dejar el camino que llevaba parecíame desvarío, no hacer el ruego de aquel que así padecía figurábaseme inhumanidad, en seguirle había peligro, y en dejarle, flaqueza. Con la turbación, no sabía escoger lo mejor. Pero ya que el espanto dejó mi alteración en algún sosiego, vi cuánto era más obligado a la virtud que a la vida, y empachado de mí mismo por la duda en que estuve, seguí la

quando vi sair ao meu encontro, por entre carvalhos onde serpeava meu caminho, um cavaleiro tão feroz de aspecto quanto espantoso à vista, revestido todo de pelos como um selvagem. Trazia na mão esquerda um escudo mui sólido de aço, e na direita, essculpida numa pedra claríssima, uma figura feminina de tão extremada formosura que me turvava a vista: desta saíam vários raios de fogo que encandeciam o corpo de um homem que o cavaleiro trazia à força atrás de si, o qual dizia em intermitentes gemidos lamentosos:

— Em minha fidelidade sofre-se tudo.

Como emparelhasse comigo, disse-me numa angústia mortal:

— Peregrino, por Deus, peço-te que me acompanhes e me ajudes nesta tremenda aflição.

Eu, que naquele impasse tinha mais motivos para temer que palavras para responder, postos os olhos na estranha visão, vi-me quedo, tendo o coração agitado por diferentes considerações. Sair do caminho que percorria parecia-me insensato; não atender ao rogo daquele que assim padecia figurava-se-me desumano. Segui-lo representava perigo, deixá-lo, fraqueza. Perturbado, eu não sabia escolher o melhor. Uma vez, porém, que o espanto atenuou em parte meu desassossego, senti quão mais obrigado estava eu à virtude do que à vida. Enfarado com essa dúvida que me tomava, segui o trajeto daquele que buscou minha ajuda.

vía de aquel que quiso ayudarse de mí. Y como apresuré mi andar, sin mucha tardanza alcancé a él y al que la fuerza le hacía, y así seguimos todos tres por unas partes no menos trabajosas de andar que solas de placer y de gente. Y como el ruego del forzado fue causa que lo siguiese, para cometer al que lo llevaba faltábame aparejo y para rogarle merecimiento, de manera que me fallecía consejo. Y después que revolví el pensamiento en muchos acuerdos, tomé por el mejor ponerle en alguna plática, porque como él me respondiese, así yo determinase; y con este acuerdo supliquele, con la mayor cortesía que pude, me quisiese decir quién era, a lo cual así me respondió:

— Caminante, según mi natural condición, ninguna respuesta quisiera darte, porque mi oficio más es para ejecutar mal que para responder bien. Pero como siempre me crié entre hombres de buena crianza, usaré contigo de la gentileza que aprendí y no de la braveza de mi natural. Tú sabrás, pues lo quieres saber: yo soy principal oficial en la Casa de Amor. Llámanme por nombre Deseo. Con la fortaleza de este escudo defiendo las esperanzas, y con la hermosura de esta imagen causo las aficiones y con ellas quemo las vidas, como puedes ver en este preso que llevo a la Cárcel de Amor, donde con solo morir se espera librar. Cuando estas cosas el atormentador caballero me iba diciendo, subíamos una sierra de tanta altura, que a más andar mi fuerza desfallecía. Y ya que con mucho trabajo

Apressando o passo, sem grande atraso alcancei-o e àquele que à força o conduzia, e assim seguimos os três por trechos não menos árduos de andar do que vazios de prazer e de gente. Como a súplica do preso foi a razão por que o seguisse, faltava-me motivo para enfrentar aquele que o prendia, e méritos para rogar-lhe: desse modo não sabia eu o que fazer. Depois de revirar na mente muitos arrazoados, concluí que o melhor era interrogá-lo para que, conforme me respondesse, pudesse eu reagir. Isso posto, supliquei-lhe com a maior cortesia, anuísse em dizer-me quem ele era. Ao que me respondeu:

— Peregrino, dadas minhas condições, preferiria não responder nada, porquanto meu ofício é antes de agir mal do que de responder bem; todavia, como sempre convivi com homens de boa cepa, usarei contigo da gentileza que aprendi, e não da brutalidade de minha índole. Saberás, pois, o que desejas. Sou o oficial principal da Casa do Amor: dão-me o nome de Desejo. Com a solidez deste escudo defendo as esperanças, e com a formosura desta figura provoco as afeições, com as quais consumo a vida, como podes ver neste preso que levo ao Cárcere de Amor, onde se aguarda a libertação somente pela morte.

Dizia-me o cavaleiro atormentador tais coisas enquanto subíamos uma serra tão íngreme que, se mais andasse, faltar-me-iam as forças; ao tempo em que, após

llegamos a lo alto de ella, acabó su respuesta. Y como vio que en más pláticas quería ponerle yo, que comenzaba a darle gracias por la merced recibida, súbitamente desapareció de mi presencia. Y como esto pasó a tiempo que la noche venía, ningún tino pude tomar para saber dónde guió. Y como la oscuridad y la poca sabiduría de la tierra me fuesen contrarias, tomé por propio consejo no mudarme de aquel lugar.

Allí comencé a maldecir mi ventura, allí desesperaba de toda esperanza, allí esperaba mi perdición, allí en medio de mi tribulación nunca me pesó de lo hecho, porque es mejor perder haciendo virtud que ganar dejándola de hacer. Y así estuve toda la noche en tristes y trabajosas contemplaciones, y cuando ya la lumbre del día descubrió los campos, vi cerca de mí, en lo más alto de la sierra, una torre de altura tan grande que me parecía llegar al cielo. Era hecha por tal artificio que de la extrañeza de ella comencé a maravillarme. Y puesto al pie, aunque el tiempo se me ofrecía más para temer que para notar, miré la novedad de su labor y de su edificio. El cimiento sobre que estaba fundada era una piedra tan fuerte de su condición y tan clara de su natural cual nunca otra tal jamás había visto, sobre la cual estaban afirmados cuatro pilares de un mármol morado muy hermoso de mirar. Eran en tanta manera altos, que me espantaba cómo se podían sostener. Estaba encima de ellos labrada

muito esforço, chegávamos ao termo dela, findava ele sua resposta. Vendo que eu ameaçava agradecer-lhe pela atenção recebida e pretendia continuar a entretê-lo na conversa, desapareceu subitamente de minha presença. Dava-se isso ao cair da noite e não tive condições de distinguir que rumo ele tomara; ademais, sendo-me adversos a obscuridade e o desconhecimento da região, optei por não arredar pé daquele lugar.

Comecei a maldizer minha sorte, a desesperar-me amargamente, a aguardar minha perdição; mas ali, em meio a minha tribulação jamais me arrependi do que fiz, pois é melhor perder praticando a virtude do que ganhar deixando de fazê-lo. Consumi assim a noite toda em tristes e desgastantes reflexões, e quando a luz do dia já revelara os campos, vi perto de mim, no elevado da serra, uma torre tão alta que me parecia chegava ao céu: tal era sua construção que comecei a encantar-me de sua estranheza. Ao pé dela, embora a situação fosse mais para causar-me medo do que tornar-me observador, apreciei-lhe a novidade do lavor e da construção. A base na qual se assentava era uma pedra de textura tão rígida e de aspecto tão claro como eu jamais vira outra igual; sobre ela fixavam-se quatro pilastras de mármore roxo, lindíssimo de se ver, e de altura tamanha que me admirava pudessem manter-se eretas. Em cima delas erguia-se uma torre de três faces — a mais sólida que

una torre de tres esquinas, la más fuerte que se puede contemplar. Tenía en cada esquina, en lo alto de ella, una imagen de nuestra humana hechura, de metal, pintada cada una de su color: la una de leonado, la otra de negro y la otra de pardillo. Tenía cada una de ellas una cadena en la mano asida con mucha fuerza. Vi más encima de la torre un chapitel sobre el cual estaba un águila que tenía el pico y las alas llenas de claridad de unos rayos de lumbre que por dentro de la torre salían a ella. Oía dos velas que nunca un solo punto dejaban de velar.

Yo, que de tales cosas justamente me maravillaba, ni sabía de ellas qué pensase ni de mí qué hiciese. Y estando conmigo en grandes dudas y confusión, vi trabada con los mármoles dichos una escalera que llegaba a la puerta de la torre, la cual tenía la entrada tan oscura que parecía la subida de ella a ningún hombre posible. Pero, ya deliberado, quise antes perderme por subir que salvarme por estar; y forzada mi fortuna, comencé la subida, y a tres pasos de la escalera hallé una puerta de hierro, de lo que me certificó más el tiento de las manos que la lumbre de la vista, según las tinieblas donde estaba. Allegado pues, a la puerta, hallé en ella un portero, al cual pedí licencia para la entrada, y respondiome que lo haría, pero que me convenía dejar las armas primero que entrase; y como le daba las que llevaba según costumbre de caminantes, díjome:

— Amigo, bien parece que la usanza de esta casa

se pode contemplar. No mais alto de cada face havia a imagem de nossa figura humana, em metal, cada uma pintada de uma cor: uma da cor do leão, outra preta e outra marrom; cada uma segurava firme na mão uma corrente. Vi mais: em cima da torre, um capitel, no qual havia uma águia, tendo o bico e as asas bem iluminados por raios de luz que, saindo do interior da torre, nela insidiam. Dois vigias em momento algum descuravam de atentar para todos os pontos.

Eu, que naturalmente me espantava com essas coisas, não sabia o que pensar delas nem o que fizesse de mim. Cheio de dúvidas e confuso, vi lavrada nos referidos mármores uma escada que conduzia à porta da torre, cuja entrada estava tão escura que sua subida parecia impossível a qualquer pessoa. Mas, decidido que estava, preferi perder-me subindo a salvar-me permanecendo parado: forçando minha sorte, comecei a subida. A três passos da escada achei uma porta de ferro — coisa de que me certifiquei mais pelo tatear das mãos do que pela visão dos olhos, devido às trevas que me envolviam. Próximo à porta dei com um porteiro, a quem pedi licença para entrar. Respondeu-me que sim, mas que eu precisaria antes deixar as armas. E como eu lhas desse, segundo o uso dos caminhantes, tornou-me ele:

— Amigo, bem se vê que pouco sabes do costume

sabes poco. Las armas que te pido y te conviene dejar son aquellas con que el corazón se suele defender de tristeza, así como Descanso, Esperanza y Contentamiento, porque con tales condiciones ninguno pudo gozar de la demanda que pides.

Pues, sabida su intención, sin detenerme en echar juicios sobre demanda tan nueva, respondile que yo venía sin aquellas armas y que de ello le daba seguridad. Pues como de ello fue cierto, abrió la puerta y con mucho trabajo y desatino llegué ya a lo alto de la torre, donde hallé otro guardador que me hizo las preguntas del primero.

Y después que supo de mí lo que el otro, diome lugar a que entrase, y llegado al aposento de la casa, vi en medio de ella una silla de fuego, en la cual estaba asentado aquel cuyo ruego de mi perdición fue causa. Pero como allí, con la turbación, descargaba con los ojos la lengua, más entendía en mirar maravillas que en hacer preguntas. Y como la vista no estaba despacio, vi que las tres cadenas de las imágenes que estaban en lo alto de la torre tenían atado aquel triste, que siempre se quemaba y nunca se acababa de quemar.

Noté más, que dos dueñas lastimeras con rostros llorosos y tristes le servían y adornaban, poniéndole con crudeza en la cabeza una corona de unas puntas de hierro, sin ninguna piedad, que le traspasaban todo el cerebro; y después de esto miré que un negro vestido de color amarillo

desta casa. As armas, que te peço e convém que deixes, são aquelas com que sói o coração defender-se contra a tristeza, a saber: Descanso, Esperança e Satisfação, pois, carregando essas qualidades ninguém pode ter satisfeito o pedido que fazes.

Ciente de sua intenção, sem me deter em arrazoar sobre exigência tão insólita, respondi-lhe que eu vinha sem aquelas armas e que ele podia ficar tranquilo quanto a isso. Fiado de minha palavra, ele abriu a porta e eu, com grande esforço e às tontas, cheguei ao alto da torre, onde encontrei outro porteiro que me repetiu as perguntas do primeiro e, sabendo por mim o mesmo que o outro, franqueou-me a entrada.

Já no interior da casa, vi em seu centro uma cadeira de fogo e nela sentado aquele cujo rogo fora causa de minha perdição. Os olhos ampliavam-me a perturbação e a língua havia por bem apreciar os encantos ao invés de fazer perguntas. Meu olhar não descansava e vi que as três correntes das figuras que estavam no alto da torre mantinham preso aquele coitado que ardia sempre sem jamais se consumir.

E mais observei: duas damas deploráveis, de olhos lacrimejantes e tristes, serviam-no e o adornavam, pondo-lhe cruel e impiedosamente na cabeça uma coroa de pontas de ferro que lhe atingiam o cérebro. Vi em seguida que um negro, vestido de amarelo, vinha várias vezes atacá-lo com uma alabarda e ele aparava os

venía diversas veces a echarle una bisarma y vi que le recibía los golpes en un escudo que súbitamente le salía de la cabeza y le cubría hasta los pies. Vi más, que cuando le trajeron de comer, le pusieron una mesa negra y tres servidores muy diligentes, los cuales le daban con grave sentimiento de comer. Y vueltos los ojos a un lado de la mesa, vi un viejo anciano sentado en una silla, echada la cabeza sobre una mano en manera de hombre cuidoso. Y ninguna de estas cosas pudiera ver, según la oscuridad de la torre, si no fuera por un claro resplandor que le salía al preso del corazón, que la esclarecía toda. El cual, como me vio atónito de ver cosas de tales misterios, viendo como estaba en tiempo de poder pagarme con su habla lo poco que me debía, por darme algún descanso, mezclando las razones discretas con las lágrimas piadosas, comenzó en esta manera a decirme:

golpes num escudo que subitamente saía de sua cabeça, cobrindo-o até os pés. Vi ainda: quando lhe trouxeram comida, prepararam uma mesa preta com três serventes bastante prestativos, os quais lhe davam de comer compenetradamente. Voltando os olhos para um lado da mesa, enxerguei um ancião sentado numa cadeira, a cabeça repousada numa das mãos, a modo de pessoa atenta. Nada disso pudera eu distinguir, dada a escuridão da torre, não fosse um claro resplendor que se desprendia do coração do preso, iluminando tudo. E ele, vendo-me perplexo diante de coisas tão misteriosas, e sentindo que já era tempo de pagar-me o pouco que devia, a fim de dar-me algum sossego, misturando ponderações com lágrimas piedosas, começou a falar-me deste modo:

El preso al autor

— Alguna parte del corazón quisiera tener libre de sentimiento, por dolerme de ti según yo debiera y tú merecías. Pero ya tú ves en mi tribulación que no tengo poder para sentir otro mal sino el mío. Pídote que tomes por satisfacción, no lo que hago, mas lo que deseo. Tu venida aquí yo la causé. El que viste traer preso yo soy, y con la tribulación que tienes no has podido conocerme. Torna en ti tu reposo, sosiega tu juicio, porque estés atento a lo que te quiero decir: tu venida fue por remediarme, mi habla será por darte consuelo, puesto que yo de él sepa poco. Quién yo soy quiero decirte, de los misterios que ves quiero informarte, la causa de mi prisión quiero que sepas, que me liberes quiero pedirte, si por bien lo tuvieres.

Tú sabrás que yo soy Leriano, hijo del duque Guersio, que Dios perdone, y de la duquesa Coleria. Mi naturaleza es este reino donde estás, llamado Macedonia. Ordenó mi

O encarcerado ao autor

— Quisera ter parte do coração livre de sentimento para apiedarme de ti, segundo é meu dever e teu merecimento. Estás, porém, a ver que me não resta força para sentir outro sofrimento senão o meu. Peço-te que recebas como satisfação não o que faço, mas o que desejo. Provoquei tua vinda aqui; aquele que viste sendo arrastado preso sou eu, que em meio de tua perturbação não pudeste reconhecer. Recupera tua paz, tranquiliza teu pensamento para que fiques atento ao que te quero dizer. Tua vinda foi para aliviar-me: minha fala será para consolar-te, ainda que disso eu pouco entenda. Quero dizer-te quem sou eu e informar-te sobre os mistérios que vês. Quero que saibas a causa de minha prisão; quero pedir-te que me libertes, se assim te aprouver.

Saibas que sou Leriano, filho do duque Guérsio (que Deus perdoe) e da duquesa Coléria. Minha terra é este reino em que estás, chamado Macedônia. Ordenou meu

ventura que me enamorase de Laureola, hija del rey Gaulo, que ahora reina, pensamiento que yo debiera antes huir que buscar. Pero como los primeros movimientos no se pueden en los hombres excusar, en lugar de desviarlos con la razón confirmelos con la voluntad, y así de Amor me vencí, que me trajo a esta su casa, la cual se llama Cárcel de Amor. Y como nunca perdona, viendo desplegadas las velas de mi deseo, púsome en el estado que ves. Y porque puedas notar mejor su fundamento y todo lo que has visto, debes saber que aquella piedra sobre quien la prisión está fundada es mi Fe, que determinó de sufrir el dolor de su pena por bien de su mal. Los cuatro pilares que asientan sobre ella son mi Entendimiento, mi Razón, mi Memoria y mi Voluntad, los cuales mandó Amor aparecer en su presencia antes que me sentenciase; y por hacer de mí justa justicia preguntó por sí a cada uno si consentía que me prendiesen, porque si alguno no consintiese me absolvería de la pena. A lo cual respondieron todos en esta manera:

Dijo el Entendimiento:

— Yo consiento al mal de la pena
por el bien de la causa, de cuya razón es
mi voto que se prenda.

Dijo la Razón:

— Yo no solamente doy consentimiento en la prisión, más ordeno que muera, que mejor le estará la dichosa muerte que la desesperada vida, según por quien se ha de sufrir.

destino que eu me apaixonasse por Laureola, filha do rei Gaulo, que hoje reina: devia eu fugir desta lembrança e não persegui-la; todavia, como os homens não se podem esquivar dos primeiros impulsos, em lugar de afastá-la pela razão, confirmei-a pela vontade, sendo então dominado pelo Amor, que me trouxe a esta sua casa, que se chama Cárcere do Amor. E como ele nunca perdoa, vendo abertas as velas de meu desejo, meteu-me no estado em que me vês. Para que percebas melhor seu fundamento e tudo que viste, é preciso que saibas que aquela pedra sobre a qual se assenta a prisão é minha Fé, que está fadada a sofrer a dor de seu castigo pelo bem daquela que é o seu sofrimento. Os quatro pilares que sobre ela se apoiam são meu Entendimento, minha Razão, minha Memória e minha Vontade, os quais o Amor chamou à sua presença, antes de sentenciar-me. Para aplicar-me a devida justiça, perguntou a cada um se consentia fosse eu preso, pois, se um deles não concordasse, ele me absolveria do castigo. Ao que responderam os quatro desta maneira:

Disse o Entendimento:

> — Consinto no mal do castigo pelo bem da causa, por isso meu voto é que seja preso.

Disse a Razão:

— Não só concordo com a prisão, como ordeno que morra – melhor lhe será a ditosa morte que a vida desesperada, levando em conta por quem sofre.

Dijo la Memoria:

— Pues el Entendimiento y la Razón consienten, porque sin morir no pueda ser libre, yo prometo de nunca olvidar.

Dijo la Voluntad:

— Pues que así es, yo quiero ser llave de su prisión y determino de siempre querer.

Pues oyendo Amor que quien me había de salvar me condenaba, dio como justo esta sentencia cruel contra mí. Las tres imágenes que viste encima de la torre, cubiertas cada una de su color, de leonado, negro y pardillo, la una es Tristeza, la otra Congoja y la otra Trabajo. Las cadenas que tenían en las manos son sus fuerzas, con las cuales tiene atado el corazón porque ningún descanso pueda recibir. La claridad grande que tenía en el pico y alas el águila que viste sobre el chapitel, es mi Pensamiento, del cual sale tan clara luz por quien está en él, que basta para esclarecer las tinieblas de esta triste cárcel; y es tanta su fuerza que para llegar al águila ningún impedimento le hace lo grueso del muro, así que andan él y ella en una compañía, porque son las dos cosas que más alto suben, de cuya causa está mi prisión en la mayor alteza de la tierra. Las dos velas que oyes velar con tal recaudo son Desdicha y Desamor: traen tal aviso porque ninguna esperanza me pueda entrar con remedio. La escalera oscura por donde subiste es la Angustia con que subí donde me ves. El primer portero que hallaste es el Deseo, el cual a

Disse a Memória:

— Pois se o Entendimento e a Razão concordam que sem morrer não se pode libertar, eu prometo jamais esquecer.

Disse a Vontade:

— Dadas as circunstâncias, quero ser a chave de sua prisão, e determino sempre querê-lo.

Ouvindo o Amor que me condenava quem devera salvar-me, deu por justa esta cruel sentença contra mim. As três figuras que viste em cima da torre, pintadas cada uma de uma cor — amarelado, preto e marrom — uma é a Tristeza, outra a Aflição e outra a Fadiga. As correntes que tinham nas mãos são suas forças, com as quais prendem o coração, de sorte que não receba nenhum refrigério. A forte claridade do bico e asas da águia que viste sobre o capitel é meu Pensamento, do qual parte luz tão clara por quem nele está, que basta para iluminar as trevas deste cárcere triste; e é tamanha sua força que, para chegar à águia, nenhuma barreira lhe representa a espessura do muro; desse modo, ele e ela andam juntos, porque são as duas coisas que mais alto sobem: por isso esta minha prisão é a maior altura da terra. Os dois vigias que ouves velar com tamanho cuidado, são a Desdita e o Desamor. Assim agem, para que nenhuma esperança me possa chegar como refrigério. A escada escura pela qual subiste é a Angústia, que me trouxe aonde me vês. O primeiro porteiro que encontraste

todas tristezas abre la puerta, y por eso te dijo que dejases las armas de placer si por caso las traías. El otro que acá en la torre hallaste es el Tormento que aquí me trajo, el cual sigue en el cargo que tiene la condición del primero, porque está de su mano. La silla de fuego en que asentado me ves es mi justa Afición, cuyas llamas siempre arden en mis entrañas. Las dos dueñas que me dan, como notas, corona de martirio, se llaman la una Ansia y la otra Pasión, y satisfacen a mi Fe con el galardón presente.

El viejo que ves asentado, que tan cargado pensamiento representa, es el grave Cuidado, que junto con los otros males pone amenazas a la vida. El negro de vestiduras amarillas, que se trabaja por quitarme la vida, se llama Desesperar. El escudo que me sale de la cabeza, con que de sus golpes me defiendo, es mi Juicio, el cual, viendo que voy con desesperación a matarme, díceme que no lo haga, porque visto lo que merece Laureola, antes debo desear larga vida por padecer que la muerte para acabar. La mesa negra que para comer me ponen es la Firmeza con que como, pienso y duermo, en la cual siempre están los manjares tristes de mis contemplaciones. Los tres solícitos servidores que me servían son llamados Mal, Pena y Dolor: el uno trae la cuita con que coma, el otro trae la desesperanza en que viene el manjar y el otro trae la tribulación, y con ella, para que beba, trae el agua del corazón a los ojos y de los ojos a la boca.

é o Desejo, que abre a porta a todas as tristezas, e por isso te disse ele que deixasses as armas do prazer, se acaso as trouxesses. O outro que cruzaste aqui na torre é o Tormento, que para cá me trouxe, e que tem a mesma função do primeiro, pois dele depende. A cadeira de fogo em que me vês sentado, é minha justa Afeição, cujas chamas ardem sempre em minhas entranhas. As duas damas que me marcam com a coroa de martírio, chamam-se, uma Ânsia e outra Paixão, e satisfazem minha Fé com este galardão.

O velho que vês sentado, representando tão profunda concentração, é o compenetrado Cuidado que, junto com os outros males, ameaça a vida. O negro de vestes amarelas, que se empenha em tirar-me a vida, chama-se Desespero; o escudo que me brota da cabeça e com o qual me defendo de seus golpes, é meu Juízo o qual, vendo que me vou matar desesperado, diz-me que o não faça, pois, diante dos méritos de Laureola, devo preferir longa vida para padecer a morrer para acabar. A mesa preta que me preparam para comer é a Firmeza com que como, penso e durmo, e nela estão sempre as comidas tristes de minhas contemplações. Os três solícitos serviçais que me atendiam chamam-se Mal, Castigo e Dor. Um traz a aflição com a qual eu coma, outra traz o desespero em que vem a comida, e o terceiro traz a tribulação, e com ela, para que beba, traz a água do coração aos olhos, e dos olhos à boca.

Si te parece que soy bien servido, tú lo juzgas; si remedio he menester, tú lo ves. Ruégote mucho, pues en esta tierra eres venido, que tú me lo busques y te duelas de mí. No te pido otro bien sino que sepa de ti Laureola cual me viste, y si por ventura te quisieres de ello excusar, porque me ves en tiempo que me falta sentido para que te lo agradezca, no te excuses, que mayor virtud es redimir los atribulados que sostener los prósperos. Así sean tus obras que ni tú te quejes de ti por lo que no hiciste, ni yo por lo que pudieras hacer.

Se te parece que sou bem servido, decide-o tu; se careço de refrigério, tu o vês; rogo-te deveras, pois a esta terra vieste, que tu mo busques e te condoas de mim. Outro bem te não peço senão que Laureola saiba de ti como me viste; se por ventura quiseres esquivar-te disso, por me veres em circunstâncias em que não te posso agradecer, não o faças, porquanto maior virtude é redimir os atribulados do que sustentar os prósperos. Sejam tais tuas obras que nem tu te queixes de ti pelo que não fizeste, nem eu pelo que puderas fazer.

Respuesta del autor a Leriano

—En tus palabras, señor, has mostrado que pudo Amor prender tu libertad y no tu virtud, lo cual se prueba porque, según te veo, debes tener más gana de morir que de hablar, y por proveer en mi fatiga forzaste tu voluntad, juzgando por los trabajos pasados y por la cuita presente que yo tendría de vivir poca esperanza, lo que sin duda era así. Pero causaste mi perdición como deseoso de remedio y remediástela como perfecto de juicio.

Por cierto, no he habido menos placer de oírte que dolor de verte, porque en tu persona se muestra tu pena y en tus razones se conoce tu bondad. Siempre en la peor fortuna socorren los virtuosos como tú ahora a mí hiciste. Que vistas las cosas de esta tu cárcel, yo dudaba de mi salvación, creyendo ser hechas más por arte diabólica que por condición enamorada.

La cuenta, señor, que me has dado te tengo en

Resposta do autor a Leriano

— Mostraste
em tuas palavras,
senhor, que o Amor pôde
aprisionar tua liberdade, mas não
tua virtude, o que se prova porque,
segundo vejo, deves preferir morrer a falar,
e para amenizar meu desgaste, forçaste tua
vontade, julgando pelos problemas passados e
pela aflição presente, que eu teria pouca
esperança de viver, o que, sem dúvida,
era verdade; ávido de refrigério,
provocaste, porém, minha
perdição, e a remediaste
pelo bom juízo.

Não tive, por certo, menos prazer em ouvir-te, do que dor em ver-te; porque em tua pessoa se vê teu castigo, e em tuas palavras se conhece tua bondade; os virtuosos sempre são prestativos nas agruras como agora o fizeste comigo, pois, vendo as coisas deste teu cárcere, eu duvidava de minha salvação, acreditando serem produzidas mais por arte diabólica do que por arroubos amorosos.

Agradeço-te, senhor,

o relato que me fizeste; estou

merced, de saber quién eres soy muy alegre. El trabajo por ti recibido he por bien empleado. La moralidad de todas estas figuras me ha placido saber, puesto que diversas veces las vi, mas como no las pueda ver sino corazón cautivo, cuando le tenía tal conocíalas, y ahora que estaba libre dudábalas.

Mándasme, señor,

que haga saber a Laureola cuál te vi, para lo cual hallo grandes inconvenientes, porque un hombre de nación extraña, ¿qué forma se podrá dar para negociación semejante? Y no solamente hay esta duda, pero otras muchas: la rudeza de mi ingenio, la diferencia de la lengua, la grandeza de Laureola, la gravedad del negocio... Así que en otra cosa no hallo aparejo sino en sola mi voluntad, la cual vence todos los inconvenientes dichos. Que para tu servicio la tengo tan ofrecida como si hubiese sido tuyo después que nací. Yo haré de grado lo que mandas. Plega a Dios que lleve tal la dicha como el deseo, porque tu deliberación sea testigo de mi diligencia. Tanta afición te tengo y tanto me ha obligado amarte tu nobleza, que habría tu remedio por galardón de mis trabajos. Entre tanto que voy, debes templar tu sentimiento con mi esperanza, porque cuando vuelva, si algún bien te trajere, tengas alguna parte viva con que puedas sentirlo.

contente em saber quem és; dou por benvindas as dificuldades enfrentadas por tua causa. Gostei de conhecer o sentido de todas as figuras, posto que as vi várias vezes; todavia, como não pode enxergá-las senão um coração cativo, quando eu assim o tinha, conhecia-as, e agora que estava livre, não as conhecia.

Mandas-me, senhor,

que dê ciência a Laureola de como te vi; vejo nisso grandes inconvenientes, pois, como desincumbir-se de semelhante tarefa um homem de nação estranha? E não é essa a única dúvida — há outras muitas. Minha rude ignorância, a diferença de idioma, a nobreza de Laureola, a seriedade da tarefa... para tudo isso não encontro recurso a não ser apenas na minha vontade, a qual supera todos os citados inconvenientes; coloco-a a teu serviço como se desde meu nascimento eu te pertencera. De bom grado farei o que me mandas. Roga a Deus que a tua sorte seja igual à de teu desejo — tua deliberação seja testemunha de meu empenho. Tenho-te tanta afeição, e tanto me levou tua nobreza a amar-te, que teu refrigério será o prêmio de minhas tribulações. Enquanto parto, deves temperar teu sentimento com minha esperança, para que quando eu volte, se algum bem te trouxer, tenhas alguma parte viva com que possas senti-lo.

El autor

Y como acabé de responder a Leriano en la manera que es escrita, informeme del camino de Suria, ciudad donde estaba a la sazón el rey de Macedonia, que era media jornada de la prisión donde partí. Y puesto en obra mi camino, llegué a la corte y después que me aposenté, fui a palacio por ver el trato y estilo de la gente cortesana, y también para mirar la forma del aposentamiento, por saber dónde me cumplía ir, estar o aguardar para el negocio que quería aprender.

E hice esto ciertos días por aprender mejor lo que más me conviniese. Y cuanto más estudiaba en la forma que tendría, menos disposición se me ofrecía para lo que deseaba, y buscadas todas las maneras que me habían de aprovechar, hallé la más aparejada comunicarme con algunos mancebos cortesanos de los principales que allí veía. Y como generalmente entre aquellos se suele hallar la buena crianza, así me trataron y dieron cabida, que en poco tiempo yo fui tan estimado entre ellos como si fuera de su natural nación, de forma que vine a noticia de las

O autor

Tão logo acabei de responder a Leriano, na forma que vai escrita, informei-me sobre o caminho para Súria, cidade em que se achava então o rei da Macedônia, e que distava meia jornada da prisão donde parti. Pondo-me a caminho, cheguei à corte; depois de hospedado, fui ao palácio, a fim de conhecer o ambiente dos cortesãos, e também para observar como eram as acomodações, e descobrir aonde me cabia ir, ficar ou esperar, para o propósito que visava.

Assim fiz durante alguns dias para perceber melhor o que mais me convinha; e quanto mais estudava o que tinha à mão, menos elementos encontrava para o que desejava; valendo-me de todos os meios que me fossem proveitosos, julguei o melhor deles comunicar-me com alguns rapazes da corte, entre os principais que ali via; como em geral entre esses costuma-se encontrar a boa educação, de tal sorte me trataram e acolheram, que em pouco tempo estava tão estimado em seu meio como se deles fosse conterrâneo. Fui então paulatinamente

damas. Y así de poco en poco hube de ser conocido de Laureola, y habiendo ya noticia de mí, por más participarme con ella contábale las cosas maravillosas de España, cosa de que mucho holgaba. Pues viéndome tratado de ella como servidor, pareciome que le podría ya decir lo que quisiese, y un día que la vi en una sala apartada de las damas, puesta la rodilla en el suelo, díjele lo siguiente:

informado sobre as damas, terminando por ser apresentado a Laureola. Sabendo já ela coisas de mim, para tornar-me mais íntimo, contava-lhe maravilhas da Espanha, o que muito lhe agradava. Vendo-me, então, tratado por ela como serviçal, achei que lhe podia contar o que me aprouvesse, e um dia em que a vi numa sala, isolada das damas, posto o joelho no solo, disse-lhe o seguinte:

El autor a Laureola

—No les está menos bien el perdón a los poderosos cuando son deservidos, que a los pequeños la venganza cuando son injuriados. Porque los unos se enmiendan por honra y los otros perdonan por virtud, lo cual, si a los grandes hombres es debido, más y mucho más a las generosas mujeres, que tienen el corazón real de su nacimiento y la piedad natural de su condición.

Digo esto, señora, porque para lo que te quiero decir halle osadía en tu grandeza, porque no la puedes tener sin magnificencia. Verdad es que primero que me determinase estuve dudoso, pero en el fin de mis dudas tuve por mejor, si inhumanamente me quisieses tratar, padecer pena por decir que sufrirla por callar.

Tú, señora, sabrás que caminando un día por unas

O autor a Laureola

— Aos poderosos não cai menos bem o perdão, quando são mal servidos, do que a vergonha aos pequenos, quando são injuriados: porque os primeiros tiram satisfação por honra, e os outros perdoam por virtude. Se isso é próprio dos grandes homens, muitíssimo mais o é das mulheres generosas, que têm coração régio por nascimento e a piedade natural de sua condição.

Digo isto, senhora, para que encontre em tua grandeza coragem para o que quero falar-te, pois não a podes ter sem generosidade. É verdade que antes de decidir-me, hesitei; ao cabo, porém, de minhas dúvidas, achei melhor — se quisesses tratar-me desumanamente — padecer castigo por falar do que sofrê-lo por calar.

Saibas, senhora, que, caminhando certo dia por

asperezas desiertas, vi que por mandado del Amor llevaban preso a Leriano, hijo del duque Guersio, el cual me rogó que en su cuita le ayudase, de cuya razón dejé el camino de mi reposo por tomar el de su trabajo. Y después que largamente con él caminé, vile meter en una prisión dulce para su voluntad y amarga para su vida, donde todos los males del mundo sostiene: Dolor le atormenta, Pasión le persigue, Desesperanza le destruye, Muerte le amenaza, Pena la ejecuta, Pensamiento le desvela, Deseo le atribula, Tristeza le condena, Fe no le salva. Supe de él que de todo esto tú eres causa. Juzgué, según le vi, mayor dolor el que en el sentimiento callaba que el que con lágrimas descubría, y vista tu presencia, hallo su tormento justo.

Con suspiros que le sacaban las entrañas me rogó te hiciese sabedora de su mal. Su ruego fue de lástima y mi obediencia de compasión. En el sentimiento suyo te juzgué cruel, y en tu acatamiento te veo piadosa, lo cual va por razón que de tu hermosura se cree lo uno y de tu condición se espera lo otro. Si la pena que le causas con el merecer se la remedias con la piedad, serás entre las mujeres nacidas la más alabada de cuantas nacieron.

Contempla y mira cuánto es mejor que te alaben porque redimiste, que no que te culpen porque mataste. Mira en qué cargo eres a Leriano, que aun su pasión te hace servicio, pues si la remedias te da causa que puedas hacer lo mismo que Dios, porque no es de menos estima el redimir

ásperos desertos, vi que, por ordem do Amor, levavam preso a Leriano, filho do Duque Guérsio; rogando-me ele que o ajudasse em sua aflição, abandonei o caminho de meu descanso para tomar o de suas tribulações. Depois de longamente caminhar com ele, vi-o ser posto numa prisão (doce para sua vontade e amarga para sua vida), onde suporta todos os males do mundo: a Dor o atormenta, a Paixão o persegue, o Desespero o destrói, a Morte o ameaça, o Castigo cai sobre ele, o Pensamento tira-lhe o sono, o Desejo o atribula, a Tristeza o condena, a Fé não o salva. Soube por ele que tu és a causa disso tudo; pareceu-me, ao vê-lo, maior dor o que silenciava no sentimento do que o que revelava em prantos — e agora, em tua presença, acho justo o tormento dele.

Rogou-me entre suspiros arrancados das entranhas que te fizesse ciente de seu mal. Sua súplica foi de lástima, e minha obediência de compaixão. Julguei-te cruel ao sentimento dele; em tua acolhida, vejo-te piedosa — isto decorre de que um confia em tua formosura e o outro em tua natureza feminina. Se o castigo que lhe causas com teu merecimento lho atenuares com tua piedade, serás entre as mulheres a mais elogiada entre quantas nasceram.

Considera e vê quão melhor é que te elogiem porque redimiste do que te culpem porque mataste; vê o quanto deves a Leriano que, apesar de sua paixão te pesar, se a atenuas, dá-te pretexto a que possas atuar como Deus, porquanto não é menos estimável o redimir que o criar:

que el criar, así que harás tú tanto en quitarle la muerte como Dios en darle la vida.

No sé qué excusa pongas para no remediarlo, si no crees que matar es virtud. No te suplica que le hagas otro bien sino que te pese de su mal, que cosa grave para ti no creas que te la pediría, que por mejor habrá el penar que serte a ti causa de pena. Si por lo dicho mi atrevimiento me condena, su dolor del que me envía me absuelve, el cual es tan grande que ningún mal me podrá venir que iguale con el que él me causa. Suplícote sea tu respuesta conforme a la virtud que tienes, y no a la saña que muestras, porque tú seas alabada y yo buen mensajero, y el cautivo Leriano libre.

desse modo, em o privando da morte, farás tu tanto quanto Deus em lhe dando a vida.

Não sei que recusa apresentas para não aliviá-lo, se não acreditas que matar é virtude. Não te roga ele que lhe faças outro bem além de te condoeres de seu mal. Não penses que ele te pediria algo de penoso a ti, pois prefere sofrer a te ser causa de dor. Se meu atrevimento me condena pelo que disse, a dor de quem me envia absolve-me, pois ela é tão grande que nenhum mal me poderá sobrevir que iguale ao que ela me causa. Suplico-te seja tua resposta conforme à tua virtude, e não à ira que mostras, a fim de que sejas elogiada, eu seja um bom mensageiro e o cativo Leriano, liberto.

Respuesta de Laureola

—Así como fueron tus razones temerosas de decir, así son graves de perdonar. Si, como eres de España, fueras de Macedonia, tu razonamiento y tu vida acabaran a un tiempo. Así que, por ser extraño, no recibirás la pena que merecías, y no menos por la piedad que de mí juzgaste. Como quiera que en casos semejantes tan debida es la justicia como la clemencia, la cual en ti ejecutada pudiera causar dos bienes: el uno, que otros escarmentaran, y el otro, que las altas mujeres fueran estimadas y tenidas según merecen.

Pero si tu osadía pide el castigo, mi mansedumbre consiente que te perdone, lo que va fuera de todo derecho. Porque no solamente por el atrevimiento debías morir, mas por la ofensa que a mi bondad hiciste, en la cual pusiste duda. Porque si a noticia de algunos lo que me dijiste viniese,

Resposta de Laureola

— Assim
como tuas razões
foram arriscadas de serem
ditas, também são de difícil perdão.
Se ao invés da Espanha foras da Macedônia,
tua conversa e tua vida acabariam a um só tempo: por
seres estrangeiro, não receberás o castigo que merecerias,
e bem pouco devido à piedade que me atribuiste,
porquanto em casos como este, impõe-se tanto a
justiça quanto a clemência que, aplicada em teu
caso, poderia provocar dois benefícios: de um
lado, que outros tirassem proveito, e de outro,
que as mulheres nobres fossem
estimadas e tidas pelo
que merecem.

Mas, se tua ousadia reclama castigo, minha cordura permite que te perdoe, o que está fora de todo direito, pois, não só deverias morrer pelo atrevimento, como pelo atentado que fizeste à minha bondade, posta em dúvida por ti; porque, se chegasse ao conhecimento de alguns o que me disseste, acreditariam que teria sido antes pelo que

más creerían que fue por el aparejo que en mí hallaste que por la pena que en Leriano viste, lo que con razón así debe pensarse, viendo ser tan justo que mi grandeza te pusiese miedo, como su mal osadía.

Si más entiendes en procurar su libertad, buscando remedio para él hallarás peligro para ti. Y avísote, aunque seas extraño en la nación, que serás natural en la sepultura. Y porque en detenerme en plática tan fea ofendo mi lengua, no digo más, que para que sepas lo que te cumple lo dicho basta. Y si alguna esperanza te queda porque te hablé, en tal caso sea de poco vivir si más de la embajada pensares usar.

de especial em mim achaste do que pelo castigo que viste Leriano padecer: é razoável que assim se deva pensar, uma vez que se constata ser de toda justiça que minha grandeza te provocasse medo, como o castigo dele, ousadia.

Se te empenhas mais buscando a liberdade dele, ao procurar-lhe refrigério, encontrarás perigo para ti. E previno-te: embora sejas estrangeiro neste país, serás conterrâneo na sepultura. Demorar-me em conversa tão feia ofende minha língua, por isso não falo mais: para que saibas o que te cumpre fazer, basta o que se disse. Se te sobra alguma esperança porque conversei contigo, que te seja então curta a vida se pretenderes continuar com tua intermediação.

El autor

Cuando acabó Laureola su habla, vi, aunque fue corta en razón, fue larga en enojo, el cual le impedía la lengua. Y despedido de ella comencé a pensar diversas cosas que gravemente me atormentaban. Pensaba cuán alejado estaba de España, acordábaseme de la tardanza que hacía. Traía a la memoria el dolor de Leriano, desconfiaba de su salud, y visto que no podía cumplir lo que me dispuse a hacer sin mi peligro o su libertad, determiné de seguir mi propósito hasta acabar la vida o llevar a Leriano esperanza. Y con este acuerdo volví otro día a palacio para ver qué rostro hallaría en Laureola, la cual, como me vio, tratome de la primera manera, sin que ninguna mudanza hiciese, de cuya seguridad tomé grandes sospechas. Pensaba si lo hacía por no esquivarme, no habiendo por mal que tornase a la razón comenzada. Creía que disimulaba por tornar al propósito para tomar emienda de mi atrevimiento, de manera que no sabía a cuál de mis pensamientos diese fe.

En fin, pasado aquel día y otros muchos, hallaba en sus apariencias más causa para osar que razón para temer, y con este crédito aguardé tiempo convenible e hícele otra habla, mostrando miedo, puesto que no lo tuviese,

O autor

Terminando Laureola de falar, percebi que, apesar de curta em palavras, fora longa em aborrecimento, tolhido este pela língua. Despedido dela, comecei a pensar em várias coisas que me atormentavam seriamente. Refletia em quão distante estava da Espanha; recordava-me de como me demorava; trazia na memória a dor de Leriano; temia por seu bem-estar, e visto que não podia realizar o que me dispus a fazer, sem correr eu risco ou comprometer-lhe a liberdade, decidi seguir meu objetivo até morrer ou levar esperança a Leriano. Assim determinado, voltei noutro dia ao palácio para ver que fisionomia acharia em Laureola, a qual, logo que me viu, tratou-me como da primeira vez, sem demonstrar qualquer mudança — segurança que me fez ficar com um pé atrás. Cogitei se ela o fazia para que eu me não retraísse, não se importando que eu voltasse à conversa começada. Achei que ela dissimulava para insistir no propósito de castigar meu atrevimento: desse modo, eu não sabia a qual de meus pensamentos agarrar-me.

Em suma, depois daquele dia e de outros mais, eu sentia em sua atitude mais sintonia para ousar do que razão para assustar-me — e nessa crença, aguardei ocasião oportuna e falei-lhe de novo, aparentando medo

porque en tal negociación y con semejantes personas conviene fingir turbación. Porque en tales partes el desempacho es habido por desacatamiento, y parece que no se estima ni acata la grandeza y autoridad de quien oye con la desvergüenza de quien dice. Y por salvarme de este yerro hablé con ella no según desempachado, mas según temeroso.

Finalmente, yo le dije todo lo que me pareció que convenía para remedio de Leriano. Su respuesta fue de la forma de la primera, salvo que hubo en ella menos saña, y como, aunque en sus palabras había menos esquividad para que debiese callar, en sus muestras hallaba licencia para que osase decir. Todas las veces que tenía lugar le suplicaba se doliese de Leriano, y todas las veces que se lo decía, que fueron diversas, hallaba áspero lo que respondía y sin aspereza lo que mostraba. Y como traía aviso en todo lo que se esperaba provecho, miraba en ella algunas cosas en que se conoce el corazón enamorado.

Cuando estaba sola veíala pensativa, cuando estaba acompañada no muy alegre. Érale la compañía aborrecible y la soledad agradable. Más veces se quejaba que estaba mal por huir los placeres. Cuando era vista, fingía algún dolor, cuando la dejaban, daba grandes suspiros. Si Leriano se nombraba en su presencia, desatinaba de lo que decía, volvíase súbito colorada y después amarilla, tornábase ronca su voz, secábasele la boca. Por mucho que encubría sus mudanzas, forzábala la pasión piadosa a la disimulación

(que de fato não tinha), porque em semelhante situação e com tais pessoas, convém fingir perturbação, já que, nesses casos, o desembaraço é tido por desacato, parecendo que não se estima nem respeita a nobreza e autoridade de quem ouve, com a descompostura de quem fala: para não incidir nesse erro, falei com ela não como desembaraçado, mas como intimidado.

Disse-lhe, por fim, tudo que achei conveniente para alívio de Leriano. A resposta dela foi igual à primeira, apenas com menos raiva e, embora em suas palavras houvesse menos irritação que levasse a calar, em seus modos eu encontrava licença para ousar falar. Sempre que podia, eu lhe suplicava tivesse pena de Leriano, e todas as vezes que eu pedia — e foram diversas — parecia-me ríspido o que respondia, mas sem demonstrar aspereza nas feições. Como eu estivesse atento a tudo de que pudesse tirar proveito, enxergava nela reações que se reconhecem em coração apaixonado.

Quando estava sozinha, eu a via pensativa, e quando acompanhada, não muito alegre. Queixava-se frequentemente de sentir-se mal, a fim de fugir dos prazeres. Quando era encontrada, fingia algum mal-estar; quando a deixavam, soltava grandes suspiros. Se se mencionava Leriano em sua presença, perdia o fio do que dizia, enrubescia de repente, em seguida empalidecia, a voz lhe falecia e a boca secava-se-lhe. Por mais que tentasse encobrir tais mudanças, a paixão piedosa traía-lhe a recatada

discreta. Digo piadosa porque sin duda, según lo que después mostró, ella recibía estas alteraciones más de piedad que de amor.

Pero como yo pensaba otra cosa, viendo en ella tales señales, tenía en mi despacho alguna esperanza, y con tal pensamiento partime para Leriano, y después que extensamente todo lo pasado le reconté, díjele que se esforzase a escribir a Laureola, ofreciéndome a darle la carta, y puesto que él estaba más para hacer memorial de su hacienda que carta de su pasión, escribió las razones, de la cual eran tales:

dissimulação. Digo piedosa paixão porque, sem dúvida, conforme o que depois ela mostrou, tais alterações vinham-lhe mais da piedade do que do amor.

Entretanto, como eu tinha a mente ligada noutras coisas, vendo nela esses sinais, alimentava alguma esperança. Assim pensando, fui ter com Leriano, e depois de contar-lhe detalhadamente quanto se passara, disse-lhe que se empenhasse em escrever a Laureola, que eu levaria a carta a ela. Estando ele mais inclinado a fazer um inventário de seus bens do que carta de sua paixão, escreveu as seguintes palavras:

Carta de Leriano a Laureola

Si tuviera tal razón para escribirte

como para quererte, sin miedo lo osara hacer, mas en saber que escribo para ti se turba el seso y se pierde el sentido, y de esta causa antes que lo comenzase tuve conmigo gran confusión: mi fe decía que osase, tu grandeza que temiese; en lo uno hallaba esperanza y por lo otro desesperaba; y en el cabo acordé esto. Mas, ay de mí, que comencé temprano a dolerme y tarde a quejarme, porque a tal tiempo soy venido, que si alguna merced te mereciese no hay en mí cosa viva para sentirla, sino sola mi fe.

El corazón está sin fuerza, el alma sin poder y el juicio sin memoria. Pero si tanta merced quisieses hacerme que a estas razones te pluguiese responder, la fe con tal bien podría bastar para restituir las otras partes que destruiste. Yo me culpo porque te pido galardón sin haberte hecho servicio, aunque si recibes en cuenta del servir el penar, por mucho que me pagues siempre pensaré que me quedas en deuda.

Podrás decir que cómo pensé escribirte: no te maravilles, que tu hermosura causó la afición, y la afición el deseo, y el deseo la pena, y la pena el atrevimiento... y

Carta de Leriano a Laureola

Tivera eu a mesma razão para escrever-te

que para amar-te, sem medo ousara fazê-lo; mas, ao pensar que te escrevo, perturba-me a mente e desatino: por isso, antes de começar, vi-me desarvorado. Minha confiança dizia que ousasse; tua nobreza, que me acautelasse. De um lado tinha esperança, de outro, desesperava — por fim, cheguei a isto. Mas, ai de mim! Cedo comecei a sofrer e tarde a me queixar, pois, em tal estado me encontro que, se merecesse de ti alguma mercê, não há em mim parte viva para aproveitá-la, a não ser minha fidelidade.

O coração está sem força, a alma sem poder e a mente sem memória. Todavia, se tal favor quiseras fazer-me, a ponto de agradar-te responder a estas palavras, a confiança nessa bondade seria bastante para restabelecer o resto que destruíste. Eu me culpo porque te peço recompensa sem te haver prestado serviço; mesmo que acolhas como serviço o sofrer, por mais que me pagues, acharei sempre que me deixas devedor.

Poderás perguntar como decidi escrever-te. Não te espantes, pois tua beleza, provocou a afeição; a afeição, o desejo; o desejo, o sofrer; o sofrer, a ousadia... E se

si porque lo hice te pareciere que merezco muerte, mándamela dar, que mucho mejor es morir por tu causa que vivir sin tu esperanza. Y hablándote verdad, la muerte, sin que tú me la dieses, yo mismo me la daría por hallar en ella la libertad que en la vida busco, si tú no hubieses de quedar infamada por matadora; pues malaventurado fuese el remedio que a mí librase de pena y a ti te causase culpa.

Por quitar tales inconvenientes,
te suplico que hagas tu carta galardón
de mis males, que, aunque no me mate por
lo que a ti toca, no podré vivir por lo que yo sufro, y
todavía quedarás condenada. Si algún bien
quisieres hacerme, no lo tardes; si no,
podrá ser que tengas tiempo de
arrepentirte y
no lugar de
remediarme.

porque te fiz parecer que mereço a morte, ordene-a, que muito melhor é morrer por ti do que viver sem a esperança de ti. E falando-te honestamente, a morte, se me não a desses tu, eu mesmo ma daria, a fim de nela encontrar a liberdade que procuro na vida — desde que não acabasses infamada de assassina; porquanto desgraçado seria o remédio que a mim livrasse de dor e a ti trouxesse culpa.

Para evitar tais inconvenientes,
rogo-te faça de tua carta compensação
a meus males porque, ainda que me não
mate pelo que te diz respeito, não poderei viver por
causa do que sofro, e ademais acabarás condenada.
Se algum bem queres fazer-me, não demores;
do contrário poderá acontecer de teres
tempo para arrepender-te e
não mais oportunidade
para
aliviar-me.

El autor

Aunque Leriano, según su grave sentimiento, se quisiera más extender usando de la discreción y no de la pena, no escribió más largamente, porque para hacer saber a Laureola su mal bastaba lo dicho: que cuando las cartas deben alargarse es cuando se cree que hay voluntad para leerlas quien las recibe como para escribirlas quien las envía. Y porque él estaba libre de tal presunción no se extendió más en su carta, la cual, después de acabada, recibí con tanta tristeza de ver las lágrimas con que Leriano me la daba, que pude sentirla mejor que contarla. Y despedido de él, partime para Laureola, y como llegué donde estaba, hallé propio tiempo para poderle hablar, y antes que le diese la carta, díjele tales razones:

O autor

Mesmo que Leriano, face ao seu profundo sentimento, quisesse alongar-se mais, recorrendo à ponderação em vez do sofrimento, não escreveu mais extensamente porque bastava o que dissera para fazer Laureola conhecer sua dor: as cartas devem estender-se quando se acredita que tem tanta vontade de lê-las quem as recebe como quem as envia tem para escrevê-las; como ele não presumia disso, não se expandiu mais em sua carta. Uma vez acabada, recebi-a com enorme tristeza, em vendo as lágrimas com que Leriano ma entregava: pude sentir o que ia nela melhor do que saberia dizê-lo. Despedindo-me dele, parti para Laureola; chegando onde ela estava, aguardei o momento certo de falar-lhe, e antes de entregar a carta, disse-lhe o que segue:

El autor a Laureola

— Primero que nada te diga,

te suplico que recibas la pena de aquel cautivo tuyo por descargo de la importunidad mía, que dondequiera que me hallé siempre tuve por costumbre de servir antes que importunar. Por cierto, señora, Leriano siente más el enojo que tú recibes que la pasión que él padece, y este tiene por el mayor mal que hay en su mal, de lo cual querría excusarse. Pero si su voluntad, por no enojarte, desea sufrir, su alma, por no padecer, querría quejar. Lo uno le dice que calle y lo otro le hace dar voces. Y confiando en tu virtud, apremiado del dolor, quiere poner sus males en tu presencia, creyendo, aunque por una parte te sea pesado, que por otra te causará compasión. Mira por cuántas cosas te merece galardón: por olvidar su cuita pide la muerte; porque no se diga que tú la consentiste, desea la vida; porque tú la haces, llama bienaventurada su pena; por no sentirla, desea perder el juicio; por alabar tu hermosura, quería tener los ajenos y el suyo. Mira cuánto le eres obligada que se precia de quien le destruye. Tiene su memoria por todo su bien y le es ocasión de todo su mal.

O autor a Laureola

— Antes de dizer-te algo,

suplico-te recebas o sofrimento daquele cativo de ti, para desobrigação de minha impertinência, pois, em todas as situações em que me vi, tive sempre por norma antes servir do que importunar. Certamente, senhora, Leriano sente mais o aborrecimento que te causa do que a paixão que o atormenta: e isto é para ele o maior sofrer de seu sofrer. Disso queria ele desculpar-se; mas, se para não te irritar, sua vontade quer sofrer, sua alma, para não sofrer, gostaria de lamentar-se. Uma coisa lhe diz que cale, outra que fale; confiante em tua virtude, premido pela dor, quer pôr diante de ti seus sofrimentos, acreditando que, apesar de, por um lado ser-te fardo, doutro te provocará compaixão. Vê por quantos motivos merece ser recompensado por ti: para esquecer sua desventura, pede a morte, mas, para que se não diga que tu a provocaste, deseja a vida; chama bem-aventurança sua dor, porque tu a causas; e para não senti-la, deseja enlouquecer; para elogiar-te, gostaria de possuir não só o seu juízo como o dos outros. Vê o quanto estás obrigada a ele, que se envaidece de quem o destrói; a lembrança de ti é todo o seu tesouro e motivo de toda sua desgraça.

Si por ventura, siendo yo tan desdichado, pierde por mi intercesión lo que él merece por fe, suplícote recibas una carta suya, y si leerla quisieres, a él harás merced por lo que ha sufrido y a ti te culparás por lo que has causado, viendo claramente el mal que le queda en las palabras que envía, las cuales, aunque la boca las decía, el dolor las ordenaba. Así te dé Dios tanta parte del cielo como mereces de la tierra, que la recibas y le respondas, y con sola esta merced le podrás redimir. Con ella esforzarás su flaqueza, con ella aflojarás su tormento, con ella favorecerás su firmeza, pondrasle en estado que ni quiera más bien ni tema más mal. Y si esto no quisieres hacer por quien debes, que es él, ni por quien lo suplica, que soy yo, en tu virtud tengo esperanza que, según la usas, no sabrás hacer otra cosa.

Se por ventura — privado de sorte que sou — perde ele com minha intervenção o que merece por sua confiança, suplico-te receba esta carta dele; se aquieceres em lê-la, far-lhe-ás mercê pelo que tem sofrido, e a ti culparás pelo que lhe tens causado, vendo claramente a dor que carregam as palavras que ele envia, as quais, dizendo-as embora a boca, era a dor quem as ditava. Deus te dê assim tamanho pedaço do céu quanto mereces da terra, para que a recebas e lhe respondas, pois basta esta tua mercê para redimi-lo. Com ela darás força à sua fraqueza; com ela darás apoio à sua firmeza; em tal estado o porás que nem desejará mais o bem nem temerá mais o mal. E se não quiseres fazer isso por quem deves, que é ele, nem por quem o pede, que sou eu — confio em tua virtude que, segundo a empregas, não haverás de agir doutra forma.

Respuesta de Laureola al autor

—En tanto estrecho me ponen tus porfías que muchas veces he dudado sobre cuál haré antes: desterrar a ti de la tierra o a mí de mi fama en darte lugar que digas lo que quisieres; y tengo acordado de no hacer lo uno de compasión tuya, porque si tu embajada es mala, tu intención es buena, pues la traes por remedio del querelloso. Ni tampoco quiero lo otro de lástima mía, porque no podría él ser libre de pena sin que yo fuese condenada de culpa. Si pudiese remediar su mal sin amancillar mi honra, no con menos afición que tú lo pides yo lo haría. Mas ya tú conoces cuánto las mujeres deben ser más obligadas a su fama que a su vida, la cual deben estimar en lo menos por razón de lo más, que es la bondad. Pues si el vivir de Leriano ha de ser con la muerte de esta, tú juzga a quién con más razón debo ser piadosa, a mí o a su mal. Y que esto todas las mujeres deben así tener, en mucha más manera

Resposta de Laureola ao autor

— Tão constrangida me deixa tua insistência que com frequência hesito quanto ao que farei primeiro: expulsar-te desta terra, ou mudar minha postura, permitindo que digas o que quiseres; excluo a primeira hipótese por compaixão de ti, porque se tua intercessão é má, tua intenção é boa, pois a tens em prol de refrigério ao queixoso; tampouco não quero a segunda por pena de mim, porque não poderia ele ficar livre de sofrimento sem que eu me visse acoimada de culpa. Pudesse aliviar a dor dele sem manchar minha honra, eu o faria com não menor afeto do que tu mo pedes; mas bem sabes o quanto devem as mulheres prezar mais sua honra do que a vida, a qual devem estimar nas coisas pequenas em razão das maiores, isto é, da bondade. Portanto, se a vida de Leriano depende da morte desta — julga tu a quem devo, com maior razão, ser piedosa: a mim ou à dor dele. E se assim devem nestes casos agir todas as mulheres, com muito

las de real nacimiento, en las cuales así ponen los ojos todas las gentes, que antes se ve en ella la pequeña mancilla que en las bajas la gran fealdad. Pues en tus palabras con la razón te conformas, ¿cómo cosa tan injusta demandas? Mucho tienes que agradecerme porque tanto comunico contigo mis pensamientos, lo cual hago porque si me enoja tu demanda, me aplace tu condición, y he placer de mostrarte mi excusación con justas causas por salvarme de cargo.

La carta que dices que reciba fuera bien excusada, porque no tienen menos fuerza mis defensas que confianza sus porfías. Porque tú la traes pláceme de tomarla. Respuesta no la esperes ni trabajes en pedirla, ni menos en más hablar en esto, porque no te quejes de mi saña como te alabas de mi sufrimiento. Por dos cosas me culpo de haberme tanto detenido contigo: la una porque la calidad de la plática me deja muy enojada, y la otra porque podrás pensar que huelgo de hablar en ella y creerás que de Leriano me acuerdo, de lo cual no me maravillo, que como las palabras sean imagen del corazón, irás contento por lo que juzgaste y llevarás buen esperanza de lo que deseas. Pues por no ser condenada de tu pensamiento, si tal lo tuvieres, te torno a requerir que sea esta la postrimera vez que en este caso me hables. Si no, podrá ser que te arrepientas y que buscando salud ajena te falte remedio para la tuya.

mais força o devem as de sangue real, nas quais põem os olhos todas as pessoas, que mais veem nelas a mancha pequenina do que a grande feiura nas mulheres de baixa origem. Como podes pedir coisa tão injusta, quando tuas palavras são tão conformes com a razão? Tens muito a agradecer-me porque te abro todos meus pensamentos; assim ajo, mesmo me aborrecendo tua súplica, porque simpatizo com tua situação e me apraz expor-te minha recusa com justas razões, a fim de eximir-me de culpa.

A carta que pedes que eu receba, bem ficaria se recusada, porque não são mais frágeis minhas defesas do que são confiantes as porfias dele. Uma vez que tu a trazes, agrada-me recebê-la. Não aguardes a resposta, nem te empenhes em pedi-la, nem ainda em continuar falando sobre isto, a fim de que não lamentes minha fúria, como te gabas de meu sofrimento. Por dois motivos culpo-me de haver-me demorado tanto contigo: primeiro porque o tipo da conversa me aborrece bastante; segundo porque poderás achar que folgo em falar da carta e acreditarás que me lembro de Leriano. Isso não me surpreende, porquanto, sendo as palavras reflexo do coração, partirás contente com tua impressão e levarás boa esperança do que desejas. Para não ser condenada por tuas conclusões, se acaso as tiveres, torno a pedir-te seja esta a última vez que me fales deste assunto; do contrário te poderás arrepender, e buscando a saúde alheia, faltará remédio para a tua própria.

El autor

Tanta confusión me ponían las cosas de Laureola, que cuando pensaba que más la entendía, menos sabía de su voluntad; cuando tenía más esperanza, me daba mayor desvío; cuando estaba seguro, me ponía mayores miedos. Sus desatinos cegaban mi conocimiento. En el recibir la carta me satisfizo, en el fin de su habla me desesperó. No sabía qué camino siguiese en que esperanza hallase, y como hombre sin consejo partime para Leriano con acuerdo de darle algún consuelo, entre tanto que buscaba el mejor medio que para su mal convenía, y llegado donde estaba comencé a decirle:

O autor

Tão confuso me deixava o comportamento de Laureola que, quanto mais supunha entendê-la, menos sabia de sua vontade. Quando sentia mais esperança, logo mais perdido me achava; quando me punha seguro, maiores vinham os receios: seus desatinos cegavam-me o conhecimento. Fiz-me contente ao receber a carta, mas desesperei-me ao despedir-me. Eu não sabia que caminho tomar, nem que esperança alimentar, e como um desarvorado fui ao encontro de Leriano, desejoso de dar-lhe algum consolo, enquanto buscava achar o que mais conviesse ao seu sofrimento. Chegando aonde ele estava, assim lhe falei:

El autor a Leriano

— Por el despacho que traigo se conoce que donde falta la dicha no aprovecha la diligencia. Encomendaste tu remedio a mí, que tan contraria me ha sido la ventura que en mis propias cosas la desprecio, porque no me puede ser en lo porvenir tan favorable que me satisfaga lo que en lo pasado me ha sido enemiga, puesto que en este caso, buena excusa tuviera para ayudarte, porque si yo era el mensajero, tuyo era el negocio.

Las cosas que con Laureola he pasado ni pude entenderlas, ni sabré decirlas, porque son de condición nueva. Mil veces pensé venir a darte remedio y otras tantas a darte la sepultura. Todas las señales de voluntad vencida vi en sus apariencias, todos los desabrimientos de mujer sin amor vi en sus palabras. Juzgándola me alegraba, oyéndola me entristecía. A las veces creía que lo hacía de sabia, y a las veces de desamorada. Pero con todo eso, viéndola movible, creía su desamor, porque cuando amor prende, hace el corazón constante, y cuando lo deja libre, mudable. Por otra parte pensaba si lo hacía de

O autor a Leriano

— Pelo recado que trago, logo se vê que onde falta a sorte, de nada adianta o empenho. A mim encomendaste teu refrigério, e eis que o destino me foi tão adverso que passo a desprezá-lo até no que me diz respeito, porque não é possível que futuramente me seja tão favorável a ponto de satisfazer-me, quando no passado me foi inimigo; ainda que no presente caso boa desculpa tinha para ajudar-te, pois se eu era o mensageiro, tu eras o interessado.

As coisas que passei com Laureola, não pude entendê-las nem sei repeti-las, de tão insólitas. Mil vezes pensei que vinha dar-te remédio, e outras tantas que te daria sepultura. Vi no comportamento dela todos os sinais da vontade vencida; todos os desaforos de mulher sem amor vi em suas palavras; julgando-a, alegrava-me; ouvindo-a, abatia-me; às vezes achava que ela agia cordatamente, outras como criatura sem amor. Contudo, vendo-a volúvel, acreditava no seu desamor, porque quando o amor prende, torna o coração constante, e quando o deixa livre, o faz instável. Por outro lado, refletia se ela não agia assim por medo, por causa

medrosa, según el bravo corazón de su padre. ¿Qué dirás?: que recibió tu carta y recibida me afrentó con amenazas de muerte si más en tu caso le hablaba. Mira qué cosa tan grave parece en un punto tales dos diferencias.

Si por extenso todo lo pasado te hubiese de contar, antes fallecería tiempo para decir que cosas para que te dijese. Suplícote que esfuerce tu seso lo que enflaquece tu pasión, que según estás, más has menester sepultura que consuelo. Si algún espacio no te das, tus huesos querrás dejar en memoria de tu fe, lo cual no debes hacer, que para satisfacción de ti mismo más te conviene vivir para que sufras, que morir para que no penes. Esto digo porque de tu pena te veo gloriar. Según tu dolor, gran corona es para ti que se diga que tuviste esfuerzo para sufrirlo. Los fuertes en las grandes fortunas muestran mayor corazón. Ninguna diferencia entre buenos y malos habría si la bondad no fuese tentada. Cata que con larga vida todo se alcanza; ten esperanza en tu fe, que su propósito de Laureola se podrá mudar y tu firmeza nunca. No quiero decirte todo lo que para tu consolación pensé, porque, según tus lágrimas, en lugar de matar tus ansias, las enciendo. Cuanto te pareciere que yo pueda hacer, mándalo, que no tengo menos voluntad de servir tu persona que remediar tu salud.

do caráter severo de seu pai. Que responderás se eu te disser que ela acolheu tua carta, e ato contínuo me atacou com ameaças de morte, se eu persistisse em falar de ti? Vê como é séria essa ambivalência.

Fosse eu em detalhes contar-te tudo que se passou, faltaria tempo para falar, e não coisas que falasse. Rogo-te que te fortaleças pela razão naquilo que a paixão te debilita, pois, no estado em que estás, careces mais de sepultura que de consolo. Se te não deres um pouco de trégua, acabarás deixando teus ossos como recordação de tua confiança — coisa que não deves fazer, pois, para tua própria satisfação, convém-te antes viver para que sofras, do que morrer para que não penes. Digo isto porque te vejo gloriar-te de teu sofrer: tua grande coroa é que se diga que tiveste força para suportá-lo. Os fortes nos grandes impasses demonstram maior coragem: não haveria diferença alguma entre bons e maus se não se buscasse alcançar a bondade. Com longa vida tudo se consegue: confia em tua fé, pois será possível mudar a intenção de Laureola, mas tua firmeza, jamais. Não quero dizer-te tudo que pensei para consolar-te porque pelas tuas lágrimas, em lugar de atenuar tua ansiedade, ponho-lhe mais fogo. Ordena-me tudo que te pareça possa eu fazer, pois não é menor minha vontade de servir-te do que de dar remédio à tua saúde.

Respuesta de Leriano

—La disposición en que estoy ya la ves, la privación de mi sentido ya la conoces, la turbación de mi lengua ya la notas. Y por esto no te maravilles si en mi respuesta hubiere más lágrimas que concierto, las cuales, porque Laureola las saca del corazón, son dulce manjar de mi voluntad. Las cosas que con ella pasaste, pues tú, que tienes libre el juicio, no las entiendes, ¿qué haré yo, que para otra cosa no le tengo vivo sino para alabar su hermosura? Y por llamar bienaventurada mi fin, estas querría que fuesen las postrimeras palabras de mi vida, porque son en su alabanza.

¿Qué mayor bien puede haber en mi mal que quererlo ella? Si fuera tan dichoso en el galardón que merezco como en la pena que sufro, ¿quién me pudiera igualar? Mejor me es a mí morir, pues de ello es servida, que vivir, si por ello ha de ser enojada. Lo que más sentiré cuando muera será saber que perecen los ojos que la vieron y el corazón que la contempló, lo cual, según quien ella es, va fuera de toda razón. Digo esto porque veas que sus obras, en lugar de apocar amor,

Resposta de Leriano

— Bem vês em que disposição me encontro; conheces também quão privado de juízo ando: notas que enrolo a língua. Por isso, não te espantes se houver em minha resposta mais lágrimas que compostura; essas lágrimas, que Laureola me arranca do coração, são doce manjar para meu querer. O que se passou entre ti e ela, se tu, que guardas o equilíbrio do juízo não entende — que dizer de mim, que o não tenho para outro fim senão o de louvar a beleza dela e chamar de bem-aventurada minha morte? Gostaria fossem estas as derradeiras palavras de minha vida, porque são em louvor dela.

Que bem maior pode haver em minha desgraça do que ser fruto da vontade dela? Quem poderia igualar-se a mim, se eu fosse tão ditoso no prêmio a que faço jus como na dor que sofro? Melhor que eu morra, se com isso ela é servida, do que viver, se isso a aborrece. O que mais sentirei ao morrer será saber que se extinguem os olhos que a viram e o coração que a contemplou, o que, sendo ela quem é, foge a toda razão. Digo isto para que vejas que seus atos, em vez de arrefecerem o amor, incrementam

acrecientan fe. Si en el corazón cautivo las consolaciones hiciesen fruto, la que tú me has dado bastara para esforzarme. Pero como los oídos de los tristes tienen cerraduras de pasión, no hay por donde entren al alma las palabras de consuelo. Para que pueda sufrir mi mal, como dices, dame tú la fuerza y yo pondré la voluntad. Las cosas de honra que pones delante conózcolas con la razón y niégolas con ella misma.

Digo que las conozco y apruebo, si las ha de usar hombre libre de mi pensamiento; y digo que las niego para conmigo, pues pienso, aunque busque grave pena, que escogí honrada muerte. El trabajo que por mí has recibido y el deseo que te he visto me obligaban a ofrecer por ti la vida todas las veces que fuere menester. Mas, pues lo menos de ella me queda de vivir, séate satisfacción lo que quisiera y no lo que puedo. Mucho te ruego, pues esta será la final buena obra que tú me podrás hacer y yo recibir, que quieras llevar a Laureola en una carta mía nuevas con que se alegre, porque de ella sepa cómo me despido de la vida y de más darle enojo. La cual, en esfuerzo que la llevarás, quiero comenzar en tu presencia, y las razones de ella sean estas:

a confiança. Se as consolações produzissem efeito num coração cativo, essa que tu me deste fora bastante para refazer-me; entretanto, como os infelizes têm os ouvidos cerrados pela paixão, não há por onde lhes entrem n'alma as palavras de consolo. Para que eu, como dizes, possa suportar minha dor, dá-me tua força, à qual juntarei minha vontade. Os argumentos de honra que apresentas, eu os conheço pela razão e com ela própria os renego.

Afirmo que os conheço e aprovo, caso os use pessoa livre de minha obsessão; e afirmo que os renego para mim, pois julgo que, mesmo buscando pesado castigo, escolhi morte honrosa. A incumbência que de mim recebeste e a dedicação que vejo em ti me obrigariam a oferecer-te a vida sempre que fosse preciso; mas, seja-te motivo de satisfação o que eu gostaria de fazer e não o que posso, pois o que ela menos me deixa é viver. Esta será a última boa ação que me poderás fazer e eu receber: por isso te rogo muito queiras levar a Laureola, numa carta minha, notícias que a alegrem, pois por ela saberá que me despeço da vida e que não mais a aborrecerei. Para motivar-te a que lha leves, quero começá-la em tua presença e sejam estas as palavras que conterá:

Carta de Leriano a Laureola

Pues el galardón

de mis afanes

había de ser mi sepultura, ya soy a tiempo de recibirlo. Morir no creas que me desplace, que aquel es de poco juicio que aborrece lo que da libertad. Mas ¿qué haré, qué acabará conmigo la esperanza de verte? Grave cosa para sentir. Dirás que cómo tan presto, en un año ha o poco más que ha que soy tuyo, desfalleció mi sufrimiento: no te debes maravillar que tu poca esperanza y mi mucha pasión podían bastar para más de quitar la fuerza al sufrir. No pudiera pensar que a tal cosa dieras lugar si tus obras no me lo certificaran.

Siempre creí que forzara tu condición piadosa a tu voluntad porfiada, como quiera que en esto, si mi vida recibe el daño, mi dicha tiene la culpa. Espantado estoy cómo de ti misma no te dueles: dite la libertad, ofrecite el corazón, no quise ser nada mío

Carta de Leriano a Laureola

Como o prêmio

de minhas agruras haverá de ser a sepultura, já estou pronto para recebê-lo. Não creia que me desagrada morrer, pois possui apequenado juízo quem aborreça o que dá liberdade. Mas, que fazer se acabou em mim a esperança de ver-te? Terrível sentimento! Dirás que bem depressa — há um ano ou pouco mais que sou teu — terminou meu sofrimento. Não te deves espantar de que a mínima esperança de ter-te e minha imensa paixão sejam mais do que suficientes para minguar a força do sofrimento. Eu jamais suporia que fosses capaz de tal coisa, se tuas ações não mo certificassem.

Sempre acreditei que tua natureza piedosa forçaria tua vontade pertinaz; seja como for, se minha vida é prejudicada, a culpa é do meu destino. Espanta-me que não te condoas de ti mesma: dei-te a liberdade, ofereci-te o coração, não quis ser nada para mim a fim de ser todo

por serlo del todo tuyo, pues ¿cómo te querrá servir ni tener amor quien supiere que tus propias cosas destruyes? Por cierto, tú eres tu enemiga. Si no me querías remediar porque me salvara yo, debiéraslo hacer porque no te condenaras tú. Porque en mi perdición hubiese algún bien, deseo que te pese de ella. Mas si el pesar te había de dar pena, no lo quiero, que pues nunca viviendo te hice servicio, no sería justo que muriendo te causase enojo. Los que ponen los ojos en el sol, cuanto más lo miran más se ciegan, y así, cuanto yo más contemplo tu hermosura, más ciego tengo el sentido. Esto digo porque de los desconciertos escritos no te maravilles. Verdad es que a tal tiempo, excusado era tal descargo, porque, según quedo, más estoy en disposición de acabar la vida que de disculpar las razones.

Pero quisiera que lo que tú habías de ver fuera ordenado, porque no ocuparas tu saber en cosa tan fuera de su condición. Si consientes que muera porque se publique que pudiste matar, mal te aconsejaste, que sin experiencia mía lo certificaba la hermosura tuya. Si lo tienes por bien porque no era merecedor de tus mercedes, pensaba alcanzar por fe lo que por desmerecer perdiese, y con este pensamiento osé tomar tal

para ti. Ora, como poderá querer servir-te ou dedicar-te amor, quem soubesse que tu destróis tuas próprias coisas? Por certo és inimiga de ti mesma. Se não me querias dar alento para que eu me salvasse, deverias fazê-lo para que não condenasses a ti. Para que haja algo de bom em minha perdição, desejo que te condoas dela; mas, se a piedade te houvesse de causar sofrimento, já não a quero: se jamais te incomodei vivendo, não será justo que morrendo te provoque aborrecimento. Os que voltam os olhos para o sol, quanto mais o fixam, mais enceguecem; assim também eu: quanto mais contemplo tua formosura, mais cego tenho o juízo. Digo isto para que te não admires dos despropósitos que escrevo; é verdade que a esta altura se torna inútil tal explicação, pois, no estado em que me encontro, estou mais propenso a acabar com a vida do que a pedir desculpas.

Gostaria, porém, que o que haverias de ver estivesse bem posto, a fim de que não perdesses tempo com coisa tão despropositada. Se consentes que eu morra para que se divulgue que foste capaz de matar, decidiste mal, porque sem minha experiência certificava-o tua beleza; se tens como boa coisa minha morte, por não merecer eu teus favores, eu esperava alcançar pela confiança o que perdia pelo desmerecimento: assim pensando, ousei

cuidado. Si por ventura te place por parecerte que no se podría remediar sin tu ofensa mi cuita, nunca pensé pedirte merced que te causase culpa. ¿Cómo había de aprovecharme el bien que a ti te viniese mal? Solamente pedí tu respuesta por primero y postrimero galardón. Dejadas más largas, te suplico, pues acabas la vida, que honres la muerte, porque si en el lugar donde van las almas desesperadas hay algún bien, no pediré otro si no sentido para sentir que honraste mis huesos, por gozar aquel poco espacio de gloria tan grande.

tomar esta precaução. Se acaso te agrada por parecer-te que não se podia atenuar meu sofrimento sem ofender-te, nunca pensei pedir-te favor que te pudesse incriminar: como ser-me de proveito o bem que a ti resultasse em mal? Apenas pedi como primeiro e último prêmio que me respondesses. Em suma, suplico-te: já que acabas com a vida, respeita a morte porque, se para onde vão as almas desesperadas, existe algum bem, outro não pedirei senão o sentimento para sentir que honraste meus ossos, e usufruir um pouquinho daquela tão grande glória.

El autor

Acabada el habla y carta de Leriano, satisfaciendo los ojos por las palabras con muchas lágrimas, sin poderle hablar despedime de él, habiendo aquella, según le vi, por la postrimera vez que lo esperaba ver. Y puesto en el camino, puse un sobrescrito a su carta porque Laureola en seguridad de aquel la quisiese recibir.

O autor

Findas a fala e a carta de Leriano, dando os olhos respaldo às palavras com muitas lágrimas, despedi-me dele, incapaz de falar-lhe, e seguro de ser essa a última vez que o via, tal era seu estado. Já a caminho, sobrescrevi-lhe a carta, para o caso de Laureola querer recebê-la em consideração a ele.

Y llegado donde estaba, acordé de dársela, la cual creyendo que era de otra calidad, recibió, y comenzó y acabó de leer. Y como en todo aquel tiempo que la leía nunca partiese de su rostro mi vista, vi que cuando acabó de leerla quedó tan enmudecida y turbada como si gran mal tuviera. Y como su turbación de mirar la mía no le excusase, por asegurarme, hízome preguntas y hablas fuera de todo propósito. Y para librarse de la compañía que en semejantes tiempos es peligrosa, porque las mudanzas públicas no descubriesen los pensamientos secretos, retrájose y así estuvo aquella noche sin hablarme nada en el propósito. Y otro día de mañana mandome llamar y después que me dijo cuantas razones bastaban para descargarse del consentimiento que daba en la pena de Leriano, díjome que le tenía escrito, pareciéndole inhumanidad perder por tan poco precio un hombre tal. Y porque con el placer de lo que le oía estaba desatinado en lo que hablaba, no escribo la dulzura y honestidad que hubo en su razonamiento.

Quienquiera que la oyera pudiera conocer que aquel estudio había usado poco: ya de empachada estaba encendida, ya de turbada se tornaba amarilla. Tenía tal alteración y tan sin aliento el habla como si esperara sentencia de muerte. En tal manera le temblaba la voz, que no podía forzar con la discreción al miedo.

Mi respuesta fue breve, porque el tiempo para alargarme no me daba lugar, y después de besarle las manos recibí su carta, las razones de la cual eran tales:

Chegando onde ela estava, decidi entregar-lhe a carta, que ela, supondo ser de outro teor, recebeu e leu no ato. Como durante o tempo todo da leitura não despregasse a vista de seu rosto, constatei ao final que permanecia muda e consternada, como se grande mal a abatesse; e como não se refizesse, nem mesmo ao me ver também perturbado, para despistar-me fez-me perguntas e comentários absolutamente descabidos; por fim, para livrar-se da companhia, que em tais circunstâncias é comprometedora, retirou-se, para que suas reações aparentes não lhe revelassem os pensamentos secretos. Passou assim toda aquela noite sem falar-me nada a respeito; na manhã seguinte mandou-me chamar, e depois de falar-me o suficiente para eximir-se de responsabilidade no sofrimento de Leriano, disse-me que lhe escrevera, pois parecia a ela desumano semelhante homem perder-se por tão pouco. Com prazer eu a ouvia, mas me desconcertava com suas palavras – por isso não descrevo a doçura e sinceridade de sua fala.

Quem quer que a ouvisse, perceberia que pouco a ajudava aquela simulação: ela ora enrubescia de embaraço ora empalidecia de perturbação. Estava tão transtornada e falava com tal desalento como se aguardasse sentença de morte: tanto lhe tremia a voz, que não conseguia superar o medo pela prudência.

Minha resposta foi breve, pois não tinha tempo para alongar-me; depois de beijar-lhe as mãos, recebi-lhe a carta cujo teor era este:

Carta de Laureola a Leriano

La muerte que esperabas tú de penado, merecía yo por culpada si en esto que hago pecase mi voluntad, lo que cierto no es así, que más te escribo por redimir tu vida que por satisfacer tu deseo. Mas, triste de mí, que este descargo solamente aprovecha para cumplir conmigo, porque si de este pecado fuese acusada no tengo otro testigo para salvarme sino mi intención, y por ser parte tan principal no se tomaría en cuenta su dicho. Y con este miedo, la mano en el papel, puse el corazón en el cielo, haciendo juez de mi fin Aquel a quien la verdad de las cosas es manifiesta. Todas las veces que dudé en responderte fue porque sin mi condenación no podías tú ser absuelto, como ahora parece, que puesto que tú solo y el llevador de mi carta sepáis que escribí, ¿qué sé yo los juicios que daréis sobre mí? Y digo que sean sanos, sola mi sospecha me amancilla.

Ruégote mucho, cuando con mi respuesta en medio de tus placeres estés más ufano, que te acuerdes de la fama de quien los causó. Y avísote de esto porque semejantes favores desean publicarse, teniendo más acatamiento a la victoria de ellos que a la fama de quien los da. Cuánto mejor me estuviera ser afeada

Carta de Laureola a Leriano

Seria eu culpada pela morte que como sofredor esperavas, se minha vontade pecasse neste ato; mas certamente não é assim, pois escrevo mais para salvar-te a vida do que para satisfazer teu desejo. Ai de mim, porém, porque esta desobrigação só serve para comprometer-me: se eu fosse acusada deste pecado, não teria para salvar-me outra testemunha senão minha intenção, a qual, por ser parte tão comprometida, não se levaria em conta. Carregando esse medo, enquanto minha mão estava no papel, meu coração elevei ao céu, tomando por juiz de meu ato Aquele para quem a verdade de tudo é manifesta. Hesitei sempre em responder-te porque não poderias ser absolvido sem que eu me condenasse. É o que parece estar acontecendo agora, embora só tu e o portador de minha carta saibais que escrevi. Sei lá os juízos que estareis fazendo de mim; espero sejam bons, pois minha simples suspeita me desonra.

Quando, graças à minha resposta, estiveres mais alegre em meio a teus prazeres, imploro-te que te lembres do renome de quem os proporcionou; previno-te disso porque normalmente se deseja divulgar tais favores, dando-se mais importância à vitória de tê-los obtido do que ao renome de quem os concede. Quão melhor me fora

por cruel que amancillada por piadosa. Tú lo conoces, y por remediarte usé lo contrario. Ya tú tienes lo que deseabas y yo lo que temía. Por Dios te pido que envuelvas mi carta en tu fe, porque si es tan cierta como confiesas, no se te pierda ni de nadie pueda ser vista, que quien viese lo que te escribo pensaría que te amo y creería que mis razones antes eran dichas por disimulación de la verdad que por la verdad, lo cual es al revés, que por cierto más las digo, como ya he dicho, con intención piadosa que con voluntad enamorada. Por hacerte creer esto querría extenderme, y por no ponerte otra sospecha acabo. Y para que mis obras recibiesen galardón justo había de hacer la vida otro tanto.

tornar-me feia por ser cruel do que desonrar-me pela bondade; se fiz o contrário foi para aliviar-te. Tens agora o que desejavas e eu, o que temia. Por Deus te peço que escondas minha carta em tua fidelidade, porque se esta é tão firme como apregoas, não deixes que se perca nem que seja vista por ninguém: pois quem visse o que te escrevo, pensaria que te amo, acreditando que minhas palavras são ditas mais para dissimular a verdade do que para confirmá-la. E é o contrário, pois com certeza eu as digo — como já o afirmei — antes com intenção piedosa do que com desejo apaixonado. Gostaria de estender-me para fazer-te compreender isso, mas para não levantar outra suspeita contra ti, termino. Para que meus atos recebessem justa recompensa, outro tanto deveria fazer a vida.

El autor

Recibida la carta de Laureola acordé de partirme para Leriano, el cual camino quise hacer acompañado, por llevar conmigo quien a él y a mí ayudase en la gloria de mi embajada. Y por animarlos para adelante llamé los mayores enemigos de nuestro negocio, que eran Contentamiento, Esperanza, Descanso, Placer, Alegría y Holganza. Y porque si las guardas de la prisión de Leriano quisiesen por llevar compañía defenderme la entrada, pensé de ir en orden de guerra, y con tal pensamiento, hecha una batalla de toda mi compañía, seguí mi camino. Y allegado aun alto donde se parecía la prisión, viendo los guardadores de ella mi seña, que era verde y colorada, en lugar de defenderse, pusiéronse en huida tan grande, que quien más huía más cerca pensaba que iba del peligro.

Y como Leriano vio a sobrehora tal rebato, no sabiendo qué cosa fuese, púsose a una ventana de la torre, hablando verdad más con flaqueza de espíritu que con esperanza de socorro. Y como me vio venir en batalla de

O autor

Recebida a carta de Laureola, decidi partir para Leriano; quis dessa vez ir acompanhado para levar comigo quem ajudasse a mim e a ele no êxito de minha intervenção. Para estimulá-los, invoquei os maiores inimigos de nosso propósito, que eram a Satisfação, a Esperança, o Descanso, o Prazer, a Alegria e a Tranquilidade. Caso os guardas da prisão de Leriano desejassem vetar-me a entrada, por estar eu acompanhado, decidi apresentar-me em formação de guerra, e com isso em mente, formando batalhão com meus companheiros, prossegui a marcha. Alcançando uma elevação de onde se descortinava a prisão, seus sentinelas viram minhas cores, que eram verde e vermelho e, ao invés de defender-se, puseram-se em total debandada, parecendo a quem mais fugia, mais abeirar-se do perigo.

Ouvindo Leriano de repente tal alvoroço e não sabendo do que se tratava, correu a uma janela da torre, a bem da verdade mais desalentado do que esperançoso de socorro. Em me vendo alinhado com formidável

tan hermosa gente, conoció lo que era, y lo uno de la poca fuerza y lo otro de súbito bien, perdido el sentido cayó en el suelo de dentro de la casa.

Pues yo, que no llevaba espacio, como llegué a la escalera por donde solía subir, eché a Descanso delante, el cual dio extraña claridad a su tiniebla. Y subido a donde estaba el ya bienaventurado, cuando le vi en manera mortal pensé que iba a buen tiempo para llorarlo y tarde para darle remedio. Pero socorrió luego Esperanza, que andaba allí la más diligente, y echándole un poco de agua en el rostro tornó en su acuerdo, y por más esforzarle dile la carta de Laureola. Y entre tanto que la leía, todos los que llevaba conmigo procuraban su salud: Alegría le alegraba el corazón, Descanso le consolaba el alma, Esperanza le volvía el sentido, Contentamiento le aclaraba la vista, Holganza le restituía la fuerza, Placer le avivaba el entendimiento, y en tal manera lo trataron que cuando lo que Laureola le escribió acabó de leer, estaba tan sano como si ninguna pasión hubiera tenido.

companhia, percebeu o que era, mas em parte por fraqueza, em parte pela repentina alegria, tombou desmaiado no chão da casa.

Eu que me apressava, chegando à escada pela qual costumava subir, coloquei o Descanso na frente, o qual lançou estranha claridade à escuridão; subindo aonde estava o bem-aventurado, e vendo-o naquele estado mortal, julquei que chegava em boa hora para chorá-lo e tarde demais para aliviá-lo. Mas a Esperança ali presente, com toda diligência, veio logo em socorro, e lançando-lhe um pouco de água no rosto, reanimou-o. Para mais estimulá-lo, dei-lhe a carta de Laureola, e enquanto ele a lia, todos os que trouxera comigo, procuravam retemperá-lo. Alegria alegrava-lhe o coração; Descanso consolava-lhe a alma; Esperança devolvia-lhe os sentidos; Satisfação lhe desanuviava a visão; Tranquilidade lhe restituía as forças e Prazer lhe avivava a compreensão. De tal modo o trataram que, terminando de ler o que lhe escrevera Laureola, estava tão bem como se não sofrera nenhum transtorno.

Y como vio que mi diligencia le dio libertad, echábame muchas veces los brazos encima ofreciéndome a él y a todo lo suyo, y parecíale poco precio, según lo que merecía mi servicio. De tal manera eran sus ofrecimientos que no sabía responderle como yo debía y quien él era.

Pues después que entre él y yo grandes cosas pasaron acordó de irse a la corte, y antes que fuese estuvo algunos días en una villa suya por rehacerse de fuerzas y atavíos para su partida. Y como se vio en disposición de poderse partir, púsolo en obra; y sabido en la corte como iba, todos los grandes señores y mancebos cortesanos salieron a recibirle. Mas como aquellas ceremonias viejas tuviese sabidas, más ufanía le daba la gloria secreta que la honra pública, y así fue acompañado hasta palacio. Cuando besó las manos a Laureola pasaron cosas mucho de notar, en especial para mí, que sabía lo que entre ellos estaba: al uno le sobraba turbación, al otro le faltaba color; ni él sabía qué decir, ni ella qué responder, que tanta fuerza tienen las pasiones enamoradas que siempre traen el seso y discreción debajo de su bandera, lo que allí vi por clara experiencia.

Y puesto que de las mudanzas de ellos ninguno tuviese noticia por la poca sospecha que de su pendencia había, Persio, hijo del señor de Gavia, miró en ellos trayendo el mismo pensamiento que Leriano traía. Y como las

Vendo que minha diligência lhe devolvera a liberdade, não se cansava de abraçar-me, pondo a si e a tudo o que tinha à minha disposição — parecendo-lhe ainda isso pouca recompensa diante do que merecia meu serviço. Tal era seu reconhecimento que eu me sentia incapaz de responder como devia e em função de quem ele era.

Resolvido afinal aquele excesso de manifestações entre nós, decidiu ele ir à corte; antes, porém, permaneceu alguns dias em sua casa de campo, para recuperar as forças e preparar a viagem. Sentindo-se disposto para partir, pôs-se a caminho, e quando souberam de sua vinda na corte, todos os grandes senhores e jovens cortesãos foram recebê-lo. Conhecia ele essas antigas cerimônias, mas dava-lhe mais satisfação a glória secreta do que as honras públicas; de todo modo, foi acompanhado do séquito até o palácio. Ao beijar as mãos de Laureola, houve notáveis reações, visíveis sobretudo para mim que sabia o que se passava entre ambos: a um sobrava perturbação, ao outro faltava cor; nem ele sabia o que dizer, nem ela o que responder, pois, tal é a violência das grandes paixões, que submetem à sua bandeira a razão e a prudência — foi o que ali constatei concretamente.

Embora ninguém lhes notasse as alterações, devido a mal se suspeitar de seu caso, Pérsio, filho do senhor de Gavia, percebeu-as, pois carregava a mesma paixão de Leriano. E como as suspeitas ciumentas vasculham as coisas secretas, tanto espionou dali em diante as palavras e gestos

sospechas celosas escudriñan las cosas secretas, tanto miró de allí adelante las hablas y señales de él, que dio crédito a lo que sospechaba, y no solamente dio fe a lo que veía, que no era nada, mas a lo que imaginaba, que era el todo.

Y con este malvado pensamiento, sin más deliberación ni consejo, apartó al rey en un secreto lugar y díjole afirmadamente que Laureola y Leriano se amaban y que se veían todas las noches después que él dormía, y que se lo hacía saber por lo que debía a la honra y a su servicio.

Turbado el rey de cosa tal, estuvo dudoso y pensativo sin luego determinarse a responder, y después que mucho durmió sobre ello, túvolo por verdad, creyendo, según la virtud y autoridad de Persio, que no le diría otra cosa.

Pero con todo eso, primero que deliberase, quiso acordar lo que debía hacer, y puesta Laureola en una cárcel, mandó llamar a Persio y díjole que acusase de traición a Leriano según sus leyes, de cuyo mandamiento fue muy afrentado. Mas como la calidad del negocio le forzaba a otorgarlo, respondió al rey que aceptaba su mando y que daba gracias a Dios que le ofrecía caso para que fuesen sus manos testimonio de su bondad. Y como semejantes actos se acostumbran en Macedonia hacer por carteles, y no en presencia del rey, envió en uno Persio a Leriano las razones siguientes:

de Leriano, que confirmou suas suspeitas. Assim, apegou-se não apenas ao que via, que era nada, como ao que imaginava, que era tudo.

Com esse pérfido pensamento, sem mais ponderar nem aconselhar-se, chamou o rei a um recanto reservado e afirmou-lhe peremptoriamente que Laureola e Leriano se amavam e encontravam-se todas as noites, depois que ele se deitava — isto lhe contava como tributo à honra e por servi-lo.

Perturbado o rei com semelhante notícia, ficou hesitante e pensativo, sem pronunciar-se de imediato. Depois de muito remoer o assunto, acabou achando que era verdade, porquanto, dados seu valor e posição, Pérsio seria incapaz de uma mentira.

Mesmo assim, antes de decidir-se, quis deliberar sobre o que fazer: aprisionou Laureola, mandou chamar Pérsio e ordenou-lhe que acusasse Laureano de traidor, conforme as leis do reino. Pérsio sentiu-se extremamente constrangido com a ordem, mas, como as circunstâncias o forçavam a não se esquivar, respondeu ao rei que aceitava a ordem e agradecia a Deus por lhe dar a oportunidade de suas mãos atestarem sua honestidade. Como tais processos costumavam realizar-se na Macedônia através de cartas de desafio e não na presença do rei, Pérsio enviou a Leriano uma, nos seguintes termos:

Cartel de Persio para Leriano

Pues procede de las virtuosas obras la loable fama, justo es que la maldad se castigue porque la virtud se sostenga. Y con tanta diligencia debe ser la bondad amparada que los enemigos de ella, si por voluntad no la obraren, por miedo la usen. Digo esto, Leriano, porque la pena que recibirás de la culpa que cometiste será castigo para que tú pagues y otros teman: que, si a tales cosas se diese lugar, no sería menos favorecida la desvirtud en los malos, que la nobleza en los buenos.

Por cierto, mal te has aprovechado de la limpieza que heredaste: tus mayores te mostraron hacer bondad y tú aprendiste obrar traición. Sus huesos se levantarían contra ti si supiesen cómo ensuciaste por tal error sus nobles obras. Pero venido eres a tiempo que recibieras por lo hecho fin en la vida y mancilla en la fama. ¡Malaventurados aquellos como tú que no saben escoger

Carta de desafio de Pérsio a Leriano

A boa fama decorre das obras virtuosas, assim sendo, é justo que se castigue a maldade, a fim de manter-se a virtude. E impõe-se garantir com tal empenho a bondade, que seus inimigos, se a não praticam por escolha, pelo menos por medo a usem. Afirmo isto, Leriano, porque a pena que receberás, devido à falta que cometeste, será o castigo que mereces e que os demais temam; permitido semelhantes atos, não se estaria estimulando menos a malícia nos maus, como enfraquecendo a nobreza nos bons.

Com certeza usaste mal a honestidade que herdaste; teus ancestrais te ensinaram a praticar a bondade, mas aprendeste a praticar a traição: os ossos deles se ergueriam contra ti se soubessem quanto maculaste os seus nobres feitos com esse teu erro. Chegou, porém, a hora de receberes pelo que fizeste o fim de tua vida e a infâmia em teu renome. Desgraçados daqueles que, como tu, não

muerte honesta! Sin mirar el servicio de tu rey y la obligación de tu sangre, tuviste osada desvergüenza para enamorarte de Laureola, con la cual en su cámara, después de acostado el rey, diversas veces has hablado, oscureciendo por seguir tu condición tu claro linaje, de cuya razón te reto por traidor y sobre ello te entiendo matar o echar del campo, o lo que digo hacer confesar por tu boca; donde cuanto el mundo durare seré en ejemplo de lealtad, y atrévome a tanto confiando en tu falsía y mi verdad. Las armas escoge de la manera que querrás y el campo yo de parte del rey lo hago seguro.

sabem escolher morte honesta; sem levar em conta a submissão ao rei e a obrigação de teu sangue, tiveste a atrevida desfaçatez de te apaixonares por Laureola, com quem conversaste diversas vezes em seu quarto, depois de adormecido o rei; dessa forma, para seguir tua inclinação, manchaste tua límpida linhagem. Em razão disso, acuso-te de traidor e te pretendo matar ou expulsar da liça, ou fazer-te confessar por tua boca o quanto estou afirmando. E por isso, enquanto o mundo durar, serei exemplo de lealdade: ouso tanto porque estou convicto de tua falsidade e de minha verdade. Escolhe as armas e a liça, da forma que te aprouver. Como representante do rei, garanto a segurança.

Respuesta de Leriano

Persio,

mayor sería mi fortuna que tu malicia, si la culpa que me cargas con maldad no te diese la pena que mereces por justicia. Si fueras tan discreto como malo, por quitarte de tal peligro antes debieras saber mi intención que sentenciar mis obras. A lo que ahora conozco de ti, más curabas de parecer bueno que de serlo. Teniéndote por cierto amigo, todas mis cosas comunicaba contigo, y, según parece, yo confiaba de tu virtud y tú usabas de tu condición. Como la bondad que mostrabas concertó la amistad, así la falsedad que encubría causó la enemiga. ¡O enemigo de ti mismo! que con razón lo puedo decir, pues por tu testimonio dejarás la memoria con cargo y acabarás la vida con mengua. ¿Por qué pusiste la lengua en Laureola, que sola su bondad bastaba, si toda la del mundo se perdiese, para tornarla a cobrar? Pues tú afirmas mentira clara y yo defiendo causa justa, ella quedará libre de culpa y tu honra no de vergüenza.

Resposta de Leriano

Pérsio,

maior seria minha sorte do que tua maldade, se a culpa que perversamente me atribuis não te acarretasse o castigo que com justiça mereces. Fosses tão prudente como és mau, deverias conhecer antes minha intenção do que condenar meus atos, a fim de te livrares desse perigo. Pelo que vejo agora de ti, procuravas parecer bom ao invés de deveras sê-lo. Considerando-te amigo sincero, eu te revelava todas as minhas coisas e, ao que parece, enquanto eu confiava em tua virtude, tu tiravas proveito de tua posição. A bondade que mostravas despertou a amizade, mas a falsidade que escondias criou a inimizade. Ó inimigo de ti mesmo — com justiça assim posso falar —, com esse testemunho conspurcas tua memória e terminarás a vida com desonra. Por que falaste mal de Laureola, cuja bondade sozinha seria suficiente para resgatar toda a bondade do mundo, caso esta se perdesse? Tu afirmas a mais deslavada mentira e eu defendo a justa causa, por isso ela ficará isenta de culpa, mas a tua honra não escapará da vergonha.

No quiero responder a tus desmesuras porque hallo por más honesto camino vencerte con la persona que satisfacerte con las palabras. Solamente quiero venir a lo que hace al caso, pues allí está la fuerza de nuestro debate. Acúsasme de traidor y afirmas que entré muchas veces en su cámara de Laureola después del rey retraído. A lo uno y a lo otro te digo que mientes, como quiera que no niego que con voluntad enamorada la miré. Pero si fuerza de amor ordenó el pensamiento, lealtad virtuosa causó la limpieza de él. Así que por ser de ella favorecido y no por el, lo pensé. Y para más afearte te defenderé no sólo que no entré en su cámara, mas que palabra de amores jamás le hablé. Pues cuando la intención no peca salvo está el que se juzga, y porque la determinación de esto ha de ser con la muerte del uno y no con las lenguas de entre ambos, quede para el día del hecho la sentencia, la cual fío en Dios se dará por mí, porque tú retas con malicia y yo defiendo con razón, y la verdad determina con justicia. Las armas que a mí son de señalar sean a la brida, según nuestra costumbre. Nosotros, armados de todas piezas, los caballos con cubiertas, cuello y testera, lanzas iguales y sendas espadas, sin ninguna otra arma de las usadas, con las cuales, defendiendo lo dicho, te mataré, haré desdecir o echaré del campo sobre ello.

Não quero responder a teus despropósitos porque acho atitude mais honesta vencer-te corporalmente do que te dar satisfação por palavras. Quero apenas tocar no que é o ponto-chave, pois nisso reside nosso enfrentamento. Acusas-me de traidor, e atestas que entrei muitas vezes no quarto de Laureola, depois do rei recolher-se. Digo que mentes em ambos os casos, embora não negue que a tenha olhado com desejo de apaixonado. Mas, se de um lado a força do amor conduziu o pensamento, a virtude da lealdade conservou-o puro. Sendo assim, meu pensamento foi produzido pela lealdade e não pelo amor. E para evidenciar ainda mais teu erro, provarei contra ti que não só não entrei no quarto dela como não lhe dirigi jamais palavras de amor; e quando não se peca interiormente, está salvo aquele que é acusado. Como a solução deste caso será com a morte de um dos dois e não com a troca de palavras de ambos, fique a sentença reservada para o dia do combate: e confio em Deus que ela me será favorável, porque tu acusas com perfídia e eu defendo com a verdade, que é estabelecida pela justiça. Sejam as armas que me cabe escolher a brida, de acordo com nossos costumes; quanto a nós, iremos armados a rigor, os cavalos revestidos e com proteção no pescoço e testeira; lanças iguais e respectivas espadas — sem nenhuma outra das usuais armas. E com elas, defendendo-me das acusações, ou te matarei ou te farei desdizê-las ou te expulsarei da liça.

El autor

Como la mala fortuna, envidiosa de los bienes de Leriano, usase con él de su natural condición, diole tal revés cuando le vio mayor en prosperidad. Sus desdichas causaban pasión a quien las vio, y convidaban a pena a quien las oye. Pues dejando su cuita para hablar en su reto, después que respondió al cartel de Persio como es escrito, sabiendo el rey que estaban concertados en la batalla, aseguró el campo. Y señalado el lugar donde hiciesen y ordenadas todas las cosas que en tal acto se requerían según las ordenanzas de Macedonia, puesto el rey en un cadalso, vinieron los caballeros, cada uno acompañado y favorecido como merecía. Y guardadas en igualdad las honras de entre ambos, entraron en el campo. Y como los fieles los dejaron solos, fuéronse el uno para el otro, donde en la fuerza de los golpes mostraron la virtud de los ánimos; y quebradas las

O autor

Empregando
a índole que lhe
é natural e invejosa
dos bens de Leriano,
a má sorte trouxe-lhe esse
revés, quando lhe viu crescer
a prosperidade. Suas desgraças provocavam angústia nos que as viam e convidavam ao sofrimento a quem as ouvia. Deixo de lado sua desventura para falar de seu desafio; depois de responder à carta acusatória de Pérsio, como se disse atrás, e sabendo o rei que tinham acertado o combate, garantiu a liça, designando o local onde se enfrentariam. Arranjadas as coisa na forma de praxe e segundo as regras da Macedônia, o rei subiu ao palanque e foram chegando os cavaleiros, cada um devidamente acompanhado e homenageado segundo sua importância, e respeitadas as honras de ambos, entraram na liça; logo que os fiéis se retiraram, os dois investiram um contra o outro, mostrando com a força dos golpes o vigor de seus ânimos. Quebradas as lança ao primeiro choque, lançaram mão das espadas, digladiando-se de tal sorte que todos invejariam suas proezas e se apiedariam do que padeciam.

lanzas en los primeros encuentros, pusieron mano a las espadas y así se combatían que quien quiera hubiera envidia de lo que obraban y compasión de lo que padecían.

Finalmente, por no detenerme en esto que parece cuento de historias viejas, Leriano le cortó a Persio la mano derecha, y como la mejor parte de su persona la viese perdida, díjole:

— Persio, porque no pague tu vida por la falsedad de tu lengua, débeste desdecir.

El cual respondió:

— Haz lo que has de hacer, que aunque me falta el brazo para defender no me fallece corazón para morir.

Y oyendo Leriano tal respuesta diole tanta prisa que le puso en la postrimera necesidad, y como ciertos caballeros, sus parientes, le viesen en estrecho de muerte, suplicaron al rey mandase echar el bastón, que ellos le fiaban para que de él hiciese justicia si claramente se hallase culpado, lo cual el rey así les otorgó.

Y como fuesen separados, Leriano de tan grande agravio con mucha razón se sintió, no pudiendo pensar por qué el rey tal cosa mandase. Pues como fueron separados sacáronlos del campo iguales en ceremonia, aunque desiguales en fama, y así los llevaron a sus posadas, donde estuvieron aquella noche. Y otro día de mañana, habido Leriano su consejo, acordó de ir a palacio a suplicar y requerir al rey en presencia de toda su corte, le mandase restituir en su honra, haciendo

Enfim para me não deter no que parece relato de velhas histórias: Leriano cortou a mão direita de Pérsio, e por julgá-lo privado da melhor parte de seu copo, disse-lhe:

— Pérsio, para que não pagues com a vida pela mentira de tua língua, deves retratar-te.

O qual respondeu:

— Faz o que tens de fazer; se me falta o braço para defender-me, não me falta coragem para morrer.

Ouvindo Leriano essa resposta, atacou-o com tamanho ímpeto, que o deixou em estado lamentável. Alguns cavaleiros, parentes de Pérsio, vendo-o em transe de morte, suplicaram ao rei que ordenasse o lançamento do bastão, pois eles se comprometiam a que se lhe aplicasse a justiça, caso ficasse claramente provada sua culpa; o rei acatou-lhes o pedido.

Sendo apartados, Leriano revoltou-se com toda razão contra aquela tremenda ofensa, não compreendendo por que o rei dera tal ordem, pois, em sendo separados, foram retirados da liça com tratamento igual, embora desiguais na honra. Levados a suas pousadas, aí passaram a noite; na manhã seguinte, depois de aconselhar-se, Leriano decidiu ir ao palácio para pedir e requerer do rei, diante de toda a corte, ordenasse a restituição de sua honra, aplicando a justiça contra Pérsio. Ora, de natureza má que era e ágil de raciocínio, enquanto Leriano agia como se narrou, mandou Pérsio

justicia de Persio, el cual, como era maligno de condición y agudo de juicio, en tanto que Leriano lo que es contado acordaba, hizo llamar tres hombres muy conformes de sus costumbres, que tenía por muy suyos, y juramentándolos que le guardasen secreto, dio a cada uno infinito dinero por que dijesen y jurasen al rey que vieron hablar a Leriano con Laureola en lugares sospechosos y en tiempos deshonestos, los cuales se profirieron a afirmarlo y jurarlo hasta perder la vida sobre ello.

No
quiero decir
lo que Laureola en
todo esto sentía, porque
la pasión no turbe el sentido
para acabar lo comenzado, porque
no tengo ahora menos nuevo su dolor
que cuando estaba presente. Pues tornando
a Leriano, que más de su prisión de ella se dolía
que de la victoria de él se gloriaba, como supo
que el rey era levantado fuese a palacio, y presentes
los caballeros de su corte, hízole
un habla
en esta manera:

chamar três homens bem semelhantes a ele em maldade, e que lhe eram fiéis; fazendo-os jurar que guardariam segredo, deu a cada um quantidade enorme de dinheiro para que dissessem e jurassem ao rei que tinham visto Leriano conversar com Laureola em lugares suspeitos e em horas impróprias; eles se comprometeram a afirmá-lo e jurá-lo até perder a vida por isso.

Prefiro
não falar
a respeito do
que nesse processo
todo sofria Laureola, a fim
de que a aflição me não tire a
tranquilidade necessária, e possa
acabar o que comecei, pois não é
menos viva em mim agora sua dor do
que quando eu lá estava. Voltando a
Leriano, que mais se condoía do encarceramento
dela do que se gloriava de sua vitória, ao saber que
o rei se levantara, dirigiu-se ao palácio e, presentes os
cavaleiros da corte,
falou-lhe nestes termos:

Leriano al rey

— Por cierto, señor,

con mayor voluntad sufriera el castigo de tu justicia que la vergüenza de tu presencia, si ayer no llevara lo mejor de la batalla, donde si tú lo hubieras por bien, de la falsa acusación de Persio quedara del todo libre. Que puesto que a vista de todos yo le diera el galardón que merecía, gran ventaja va de hiciéralo a hízolo. La razón por que separarnos mandaste no la puedo pensar, en especial tocando a ti mismo el debate, que aunque de Laureola deseases venganza, como generoso no te faltaría piedad de padre, como quiera que en este caso bien creo quedaste satisfecho de su descargo. Si lo hiciste por compasión que habías de Persio, tan justo fuera que la hubieras de mi honra como de su vida, siendo tu natural. Si por ventura lo consentiste por verte aquejado de la suplicación de sus parientes, cuando les otorgaste la merced debieras acordarte de los servicios que los míos te hicieron, pues sabes con cuanta constancia de corazón, cuantos de ellos en muchas batallas y combates perdieron por tu servicio las vidas. Nunca hueste juntaste que la tercera parte

Leriano ao rei

— Certamente, senhor,

mais conformado teria eu aceito o castigo de tua justiça do que a vergonha da tua presença, se ontem eu não levasse a melhor no combate; se assim o tivesses reconhecido, estaria eu inteiramente livre da falsa acusação de Pérsio; uma vez que, diante de todos, dei-lhe o castigo que merecia, vai uma grande diferença entre: poderia fazê-lo e de fato o fez. Não consigo compreender o motivo pelo qual ordenaste que fôssemos apartados, principalmente porque o maior interessado no caso eras tu mesmo; embora desejasses que Laureola fosse vingada, generoso que és, não te seria difícil conceder-lhe a piedade de pai. Seja como for, acredito que ficaste satisfeito com o desfecho. Se agiste por compaixão que sentias por Pérsio, justo era que a tivesses tanto pela minha honra como pela vida dele, teu conterrâneo. Se tomaste tal decisão por te veres constrangido pelas súplicas de seus parentes, em lhes outorgando esse favor, deverias recordar-te dos serviços que os meus te prestaram, pois, bem sabes com quanta fidelidade tantos deles perderam a vida, servindo-te em muitas batalhas e combates. Nunca convocaste exército cuja terça parte não fosse formada por eles.

de ellos no fuese. Suplícote que por juicio me satisfagas la honra que por mis manos me quitaste. Cata que guardando las leyes se conservan los naturales. No consientas que viva hombre que tan mal guarda las preeminencias de sus pasados porque no corrompan su veneno los que con él participaren. Por cierto, no tengo otra culpa sino ser amigo del culpado, y si por este indicio merezco pena, dámela, aunque mi inocencia de ella me absuelva, pues conservé su amistad creyéndole bueno y no juzgándole malo. Si le das la vida por servirte de él, dígote que te será el más leal cizañador que puedas hallar en el mundo. Requiérote contigo mismo, pues eres obligado a ser igual en derecho, que en esto determines con la prudencia que tienes y sentencies con la justicia que usas. Señor, las cosas de honra deben ser claras, y si a este perdonas por ruegos o por ser principal en tu reino, o por lo que te placerá, no quedaré en los juicios de las gentes por disculpado del todo, que si unos creyeren la verdad por razón, otros la turbarán con malicia. Y digo que en tu reino lo cierto se sepa, nunca la fama lleva lejos lo cierto. ¿Cómo sonará en los otros lo que es pasado si queda sin castigo público?

Por Dios, señor,
deja mi honra sin disputa, y de mi vida y
lo mío ordena lo que quisieres.

Suplico-te que em juízo me devolvas a honra que de minhas mãos retiraste: tem presente que, cumprindo as leis, protegem-se os conterrâneos. Não consintas viva uma pessoa que tão mal guarda os valores de seus antepassados, para que seu veneno não corrompa os que com ele conviverem. Por certo outra culpa não tenho senão a de ser amigo do culpado: se por essa razão mereço castigo, dá-mo, embora dele me absolva minha inocência, pois mantive sua amizade julgando-o bom e não mau. Se lhe conservas a vida para que te valhas dele, afirmo-te que te será o mais leal semeador de sizânia, que possas encontrar no mundo. Requeiro contra ti mesmo — pois és obrigado a seres justo — que decidas sobre este caso com a prudência que possuis e sentencies com a justiça que costumas usar. Senhor, é mister quando se trata da honra: se a este perdoas porque te imploram ou porque é importante em teu reino ou porque te agrada mais, não ficarei inteiramente redimido na opinião das pessoas, pois, se uns acreditarão na verdade pelo discernimento, outros a comprometerão pela malícia. Afirmo-te: é importante que se saiba em teu reino o que é certo; a fama jamais vai muito longe no tocante ao que é certo. Como chegará aos pósteros o que se passou aqui, se não se aplicar o castigo público?

Por Deus, senhor,
não questiones minha honra; quanto a mim e
à minha vida, ordena o que quiseres.

El autor

Atento estuvo el rey a todo lo que Leriano quiso decir, y acabada su habla respondiole que él habría su consejo sobre lo que debiese hacer, que en cosa tal, con deliberación se había de dar la sentencia. Verdad es que la respuesta del rey no fue tan dulce como debiera, lo cual fue porque si a Laureola daba por libre, según lo que vio, él no lo estaba de enojo, porque Leriano pensó de servirla, habiendo por culpado su pensamiento, aunque no lo fuese su intención. Y así por esto como por quitar el escándalo que andaba entre su parentela y la de Persio, mandole ir a una villa suya que estaba dos leguas de la corte, llamada Susa, entretanto que acordaba en el caso, lo que luego hizo con alegre corazón, teniendo ya a Laureola por disculpada, cosa que él tanto deseaba.

Pues como del rey fue despedido, Persio, que siempre se trabajaba en ofender su honra por condición y en defenderla por malicia, llamó los conjurados antes que Laureola se librase, y díjoles que cada uno por su parte se fuese al rey y le dijese como de suyo, por quitarle

O autor

Manteve-se o rei atento ao quanto desejou Leriano dizer, e terminado o discurso, respondeu-lhe que ouviria seu conselho sobre o que deveria fazer, pois, em casos como esse, a sentença deveria ser dada por consenso. A verdade é que a resposta do rei não foi tão doce como deveria; isso porque, se absolvesse Laureola pelo que viu, não se sentiria livre da contrariedade, pois Leriano quis cortejá-la, reconhecendo-se culpado em pensamento, embora não na intenção. Por essa razão e para evitar o escândalo que grassava entre seus parentes e os de Pérsio, mandou que este fosse para uma herdade sua, duas léguas distante da corte, chamada Susa, enquanto resolvia o caso. Fez isso com o coração aliviado, já que via realizado o que mais desejava, isto é, Laureola absolvida.

Despedido pelo rei, Pérsio, que se empenhava sempre em ofender sua honra devido a seu caráter, e a defendê-la usando de malícia, chamou os comparsas antes que Laureola fosse solta e falou-lhes que, um por vez, fossem ao rei e lhe dissessem espontaneamente, para dirimir-lhe as

de dudas, que él acusó a Leriano con verdad, de lo cual ellos eran testigos, que le vieron hablar diversas veces con ella en soledad.

Lo que ellos hicieron de la manera que él se lo dijo, y tal forma supieron darse y así afirmaron su testimonio que turbaron al rey, el cual, después de haber sobre ello mucho pensado, mandolos llamar. Y como vinieron, hizo a cada uno por sí preguntas muy agudas y sutiles para ver si los hallaría mudables o desatinados en lo que respondiesen. Y como debieran gastar su vida en estudio de falsedad, cuanto más hablaban mejor sabían concertar su mentira, de manera que el rey les dio entera fe, por cuya información, teniendo a Persio por leal servidor, creía que más por su mala fortuna que por su poca verdad había llevado lo peor de la batalla. ¡Oh Persio, cuánto mejor te estuviera la muerte una vez que merecerla tantas!

Pues queriendo el rey que pagase la inocencia de Laureola por la traición de los falsos testigos, acordó que fuese sentenciada por justicia; lo cual, como viniese a noticia de Leriano, estuvo en poco de perder el seso, y con un arrebatamiento y pasión desesperada, acordaba de ir a la corte a liberar a Laureola y matar a Persio, o perder por ello la vida. Y viendo yo ser aquel consejo de más peligro que esperanza, puesto con él en razón desvielo de él. Y como estaba con la aceleración desacordado, quiso servirse de mi parecer en lo que

dúvidas, que Pérsio acusara Leriano justamente, e que eles podiam dar testemunho, pois tinham visto Leriano falar diversas vezes com ela em particular.

Eles agiram exatamente como Pérsio lhes pedira, e assumiram tal postura e com tamanha firmeza testemunharam que perturbaram o rei, o qual, depois de muito refletir sobre o que ouvira, mandou chamá-los e fez a cada um em separado perguntas mui sutis e agudas, para ver se os apanhava em contradição ou incoerentes nas respostas. Como deviam gastar a vida treinando a falsidade, quanto mais falavam, mais conseguiam articular a mentira, de sorte que o rei deu-lhes plena fé: com tais informações, e considerando Pérsio um servidor leal, achou que este levara a pior no combate, antes por falta de sorte do que por falsidade. Ó Pérsio, quão melhor te cairia a morte uma vez que muitas mereceras!

Desejando o rei a condenação da inocência de Laureola face à traição dos falsos testemunhos, decidiu fosse sentenciada em juízo. Chegando essa notícia a Leriano, pouco faltou para ele enlouquecer e, tomado de revolta e paixão desesperada, decidiu ir à corte libertar Laureola e matar Pérsio, ou então morrer. Vendo que essa decisão prometia mais perigo que esperança, chamando-o à razão, dissuadi-o desse propósito. Ele entendeu que a agitação o punha desnorteado, por isso quis valer-se de meus conselhos quanto ao que fazer. Eu o fiz no sentido de que

hubiese de liberar, el cual me plugo darle porque no dispusiese con alteración para que se arrepintiese con pesar; y después que en mi flaco juicio se representó lo más seguro, díjele lo que se sigue:

não agisse impetuosamente para não se acabar arrependendo; depois que em meu fraco entendimento formulei o que me pareceu mais seguro, falei-lhe nestes termos:

El autor a Leriano

— Así, señor,

querría ser discreto para alabar tu seso como poderoso para remediar tu mal, porque fueses alegre como yo deseo y loado como tú mereces. Digo esto por el sabio sufrimiento que en tal tiempo muestras, que, como viste tu juicio embargado de pasión, conociste que sería lo que obrases, no según lo que sabes, mas según lo que sientes. Y con este discreto conocimiento quisiste antes errar por mi consejo simple y libre que acertar por el tuyo natural e impedido. Mucho he pensado sobre lo que en esta tu grande fortuna se debe hacer, y hallo, según mi pobre juicio, que lo primero que se cumple ordenar es tu reposo, el cual te desvía el caso presente. De mi voto el primer acuerdo que tomaste será el postrero que obres, porque como es gran cosa la que has de emprender, así con gran pesadumbre se debe determinar. Siempre de lo dudoso se ha de tomar lo más seguro, y si te pones en matar a Persio y liberar a Laureola, debes antes ver si es cosa con que podrás salir; que como es de más estima la honra de ella que la vida tuya, si no pudieses acabarlo dejarías a ella condenada y a ti deshonrado. Cata que

O autor a Leriano

— Gostaria, senhor,

de ser tão comedido em enaltecer tua inteligência quanto competente para amenizar teu mal, para que te alegrasses como é meu desejo e fosses louvado como mereces. Digo isso, face ao sábio sofrimento que nesta conjuntura demonstras, pois, ao veres teu entendimento tomado pela paixão, sentiste que agirias não segundo o que sabes, mas sim em conformidade com o que sentes. E com esse sereno pensamento, preferiste errar pelo meu conselho, simples e isento, a acertar pelo teu, instintivo e comprometido. Refleti bastante sobre o que se deve fazer nesta tua grave situação, e acho, em meu pobre entendimento, que é preciso antes de tudo que recuperes a tranquilidade, abalada pelos últimos acontecimentos. A meu ver, a primeira decisão que tomaste será a última que venhas a praticar, porque sendo um grande ato esse que empreenderás, deve ser encarado como um grande pesadelo; na dúvida, há que se optar pelo mais seguro. Se decides por matar Pérsio e livrar Laureola, precisas antes verificar se conseguirás desincumbir-te disso, pois, sendo mais preciosa a honra dela do que a tua vida, se não tiveres êxito, deixá-la-ás condenada e a ti desonrado.

los hombres obran y la ventura juzga: si a bien salen las cosas son alabadas por buenas, y si a mal, habidas por desvariadas. Si liberas a Laureola dirase que hiciste osadía, y si no que pensaste locura. Pues tienes espacio de aquí a nueve días que se dará la sentencia, prueba todos los otros remedios que muestran esperanza, y si en ellos no la hallares, dispongas lo que tienes pensado, que en tal demanda, aunque pierdas la vida, la darás a tu fama. Pero en esto hay una cosa que debe ser proveída primero que lo cometas y es esta: estemos ahora en que ya has forzado la prisión y sacado de ella a Laureola. Si la traes a tu tierra, es condenada de culpa; donde quiera que allá la dejes no la librarás de pena. Cata aquí mayor mal que el primero. Paréceme a mí para sanear esto, obrando tú esto otro, que se debe tener tal forma: yo llegaré de tu parte a Galio, hermano de la reina, que en parte desea tanto la libertad de la presa como tú mismo, y le diré lo que tienes acordado, y le suplicaré, porque sea salva del cargo y de la vida, que esté para el día que fueres con alguna gente, para que, si fuere tal tu ventura que la puedas sacar, en sacándola la pongas en su poder a vista de todo el mundo, en testimonio de su bondad y tu limpieza. Y que recibida, entretanto que el rey sabe lo uno y provee en lo otro, la ponga en Dala, fortaleza suya, donde podrá venir el hecho a buen fin. Mas como te tengo dicho, esto se ha de tomar por postrimero partido. Lo que antes se

Lembra-te de que os homens agem e o destino julga; se as coisas saem bem, são consideradas boas, mas se vão mal, são tidas por desvairadas. Se libertas Laureola, dirão que foste ousado; se não consegues, que foste um louco. Tens prazo de nove dias até que se pronuncie a sentença; analisa todas as outras alternativas que oferecem chance; se nenhuma delas achares promissora, então executarás o que pensaste porque, a essa altura, ainda que percas a vida, a darás por teu renome. Para tanto, porém, é necessária uma providência antes que ajas, a saber: suponha-se que invadas a prisão e dela tires Laureola. Se a levas para tua terra, será tida como culpada; para onde quer que a leves, não a livrarás da condenação. Vê, pois, que a situação ficará pior do que antes. A mim me parece que para corrigir essa consequência de teu ato, deve-se proceder da seguinte forma: procurarei em teu nome Gálio, irmão da rainha, que em parte deseja a liberdade da prisioneira tanto quanto tu mesmo, e lhe direi o que decidiste, suplicando-lhe, para que Laureola seja libertada com vida, que ele fique de prontidão com alguns homens, no dia em que lá fores; de tal sorte que, se conseguires libertá-la, logo que o faças, tu a ponhas em seu poder diante de todos, testemunhando a lisura dela e a tua honestidade. E depois de recebê-la, enquanto o rei é informado e toma as providências, leve-a para Dala, sua fortaleza, onde as coisas poderão acabar bem. Mas, como já te disse, só farei isso em última instância. Antes, convém tentar o seguinte: irei à

conviene negociar es esto: yo iré a la corte y juntaré con el cardenal de Gausa todos los caballeros y prelados que hay se hallaren, el cual con voluntad alegre suplicará al rey le otorgue a Laureola la vida. Y si en esto no hallare remedio, suplicaré a la reina que, con todas las honestas y principales mujeres de su casa y ciudad, le pida la libertad de su hija, a cuyas lágrimas y petición no podrá, a mi creer, negar piedad. Y si aquí no hallo esperanza, diré a Laureola que le escriba certificándole su inocencia. Y cuando todas estas cosas me fueren contrarias, he de proferir al rey que darás una persona tuya que haga armas con los tres malvados testigos; y no aprovechando nada de esto, probarás la fuerza, en la que por ventura hallarás la piedad que en el rey yo buscaba.

Pero antes que me parta,
me parece que debes escribir a Laureola,
esforzando su miedo con seguridad de su vida,
la cual enteramente le puedes dar. Que pues se
dispone en el cielo lo que se obra en la tierra,
no puede ser que Dios no reciba sus
lágrimas inocentes y
tus peticiones justas.

corte e reunirei todos os cavaleiros e prelados que lá se acharem, mais o cardeal de Gausa que, de bom grado suplicará ao rei que outorgue a vida a Laureola; se não obtiver êxito nisso, suplicarei à rainha que, ao lado de todas as mulheres honestas e importantes do palácio e da cidade, implore ao rei a liberdade de sua filha; a meu ver, ele será incapaz de negar piedade ao pedido e lágrimas delas. Se nem assim eu conseguir nada, direi a Laureola que escreva ao rei, ratificando sua inocência. Se todas estas tentativas forem vãs, direi ao rei que apresentarás pessoa de tua confiança para lutar contra as três pérfidas testemunhas. Por fim, não adiantando nada disso, apelarás à força e nela talvez encontres a piedade que eu tentava junto ao rei.

Todavia,
antes que eu me vá,
creio que deves escrever a Laureola,
procurando dissipar-lhe o medo, garantindo
salvar-lhe a vida, o que podes perfeitamente fazer.
Que os céus disponham aquilo que se faz na terra:
não é crível que Deus não receba as lágrimas
inocentes de Laureola e
tuas justas súplicas.

El autor

Sólo
un punto
no salió Leriano
de mi parecer, porque
le pareció aquel propio
camino para despachar su
hecho más sanamente. Pero
con todo eso no le aseguraba
el corazón, porque temía, según
la saña del rey, mandaría dar antes
del plazo la sentencia, de lo cual no
me maravillaba, porque los firmes enamorados
lo más dudoso y contrario creen más fácilmente,
y lo que más desean tienen por menos cierto.
Concluyendo, él escribió para Laureola con mucha
duda que
no querría recibir su carta,
as razones de la cual
decían así:

O autor

Leriano não discordou em nada do que opinei, pois
lhe pareceu que aquele era o melhor modo de
realizar seu intento com menos risco. Mas,
apesar de tudo, não estava tranquilo,
receando, face à índole do rei, que
este pronunciasse a sentença antes
do prazo. Eu não me surpreen-
dia com isso, porque os
firmemente apaixonados
crêem mais depressa
no duvidoso e
adverso,
e por
incerto têm o que mais desejam.
Em suma, ele escreveu a Laureola,
cheio de dúvidas quanto a querer ela
receber sua carta,
cujo teor era o seguinte:

Carta de Leriano a Laureola

Antes pusiera las manos en mí para acabar la vida que en el papel para comenzar a escribirte, si de tu prisión hubieran sido causa mis obras como lo es mi mala fortuna, la cual no pudo serme tan contraria que no me puso estado de bien morir, según lo que para salvarte tengo acordado, donde, si en tal demanda muriere, tú serás libre de la prisión y yo de tantas desaventuras: así que será una muerte causa de dos libertades. Suplícote no me tengas enemiga por lo que padeces, pues, como tengo dicho, no tiene la culpa de ello lo que yo hice, mas lo que mi dicha quiere. Puedes bien creer, por grandes que sean tus angustias, que siento yo mayor tormento en el pensamiento de ellas que tú en ellas mismas. Pluguiera a Dios que no te hubiera conocido, que aunque fuera perdidoso del mayor bien de esta vida, que es haberte visto, fuera bienaventurado en no oír ni saber lo que padeces. Tanto he usado vivir triste, que me consuelo con las mismas tristezas por causarlas tú. Mas lo que ahora siento ni recibe consuelo ni tiene reposo, porque no deja el corazón en ningún sosiego. No acreciente la pena que sufres la muerte que temes, que mis manos te salvarán de ella. Yo he

Carta de Leriano a Laureola

Preferiria lançar as mãos contra mim para acabar com a vida a pô-las no papel para escrever-te, se meus atos fossem a causa de tua prisão, como o é minha má sorte, a qual não me pode ser tão adversa que me impeça de morrer bem, conforme o que decidi para salvar-te: se nessa tentativa eu vier a morrer, estarás livre da prisão e eu de tantas desgraças; desse modo uma só morte resultará em duas liberdades. Rogo-te não me consideres inimigo pelo que padeces, pois, como venho dizendo, o que fiz não é responsável pelo que passas, e sim o que minha sina determina. Tenhas certeza de que, por maiores que sejam tuas angústias, maior tormento sofro eu em pensar nelas do que tu em padecê-las. Prouvera a Deus eu não te tivesse conhecido, pois, embora ficasse privado do maior bem desta vida — que é haver-te visto —, seria bem-aventurado por não ouvir nem saber o que sofres. Estou tão habituado a viver triste, que me consolo das tristezas por seres tu a causa delas. Mas o que sinto agora não encontra consolo nem descanso, porque não dá nenhuma tranquilidade ao coração. Não acrescentes ao teu sofrimento o medo da morte, pois dela te

buscado remedios para templar la ira del rey. Si en ellos faltare esperanza, en mí la puedes tener, que por tu libertad haré tanto que será mi memoria, en cuanto el mundo durare, en ejemplo de fortaleza. Y no te parezca gran cosa lo que digo, que, sin lo que tú vales, la injusticia de tu prisión hace justa mi osadía. ¿Quién podrá resistir mis fuerzas, pues tú las pones? ¿Qué no osará el corazón emprender, estando tú en él? Sólo un mal hay en tu salvación: que se compra por poco precio, según lo que mereces, aunque por ella pierda la vida. Y no solamente esto es poco, mas lo que se puede desear perder no es nada. Esfuerza con mi esperanza tu flaqueza, porque si te das a los pensamientos de ella podría ser que desfallecieses, de donde dos grandes cosas se podrían recrecer: la primera y más principal sería tu muerte; la otra, que me quitarías a mí la mayor honra de todos los hombres, no pudiendo salvarte. Confía en mis palabras, espera en mis promesas, no seas como las otras mujeres, que de pequeñas causas reciben grandes temores. Si la condición mujeril te causare miedo, tu discreción te dé fortaleza, la cual de mis seguridades puedes recibir.

Y porque lo que haré
será prueba de lo que digo,
suplícote que lo creas.
No te escribo tan largo como quisiera
por proveer lo que a tu vida cumple.

livrarão minhas mãos. Tenho-me empenhado em aplacar a ira do rei; se falhar, põe em mim tua esperança, que farei tanto para libertar-te que, enquanto durar o mundo, minha memória ficará como exemplo de fortaleza. Não te pareça exagero o que te digo, pois, mesmo desconsiderando o teu valor, a injustiça de tua prisão torna justa minha ousadia. Quem poderá resistir ao meu ímpeto, uma vez que provém de ti? O que não ousará o coração intrépido se estás nele? Só há um defeito nesta tua salvação: que diante de teu merecimento, seja comprada por tão baixo preço. Ainda que por ela eu perca a vida, isso não só é de pouca monta, como o que se possa desejar perder não é nada. Reforça com minha esperança tua fragilidade porque, se a esta te entregas, quiçá desfaleças e então dois grandes males podem ocorrer: o primeiro e principal seria tua morte, o outro, que me privarias da maior honra entre todos os homens, por te não poder salvar. Confia em minhas palavras, tem esperança no que planejo; não sejas como as demais mulheres que se apavoram com nonadas. Se tua condição de mulher te provoca medo, que tua sensatez te dê força, força essa que podes receber de minha firmeza.

E porque meus atos
serão garantia do que digo,
suplico-te que creias neles.

Não te escrevo tanto como gostaria a fim de poder providenciar o que importa para que vivas.

El autor

En tanto que Leriano escribía, ordené mi camino, y recibida su carta partime con la mayor prisa que pude. Y llegado a la corte, trabajé que Laureola la recibiese, y entendí primero en dársela que ninguna otra cosa hiciese, por darle algún esfuerzo. Y como para verla me fuese negada licencia, informado de una cámara donde dormía, vi una ventana con una reja no menos fuerte que cerrada. Y venida la noche, doblada la carta muy sutilmente púsela en una lanza, y con mucho trabajo echela dentro de su cámara.

Y otro día en la mañana, como disimuladamente por allí me anduviese, abierta la ventana, vila y vi que me vio, como quiera que por la espesura de la reja no la pude bien divisar.

Finalmente ella respondió, y venida la noche, cuando sintió mis pisadas echó la carta en el suelo, la cual recibida, sin hablarle palabra por el peligro que en

O autor

Enquanto Leriano escrevia, aprontei minhas coisas e, recebida sua carta, parti o mais rápido que pude. Chegando à corte, busquei modo para que Laureola a recebesse; decidi, antes de fazer qualquer outra coisa, dar-lhe a carta, a fim de que se reanimasse um pouco. Sendo-me negada a licença de vê-la, soube do quarto onde dormia e vi uma janela com uma grade não menos forte do que fechada. Dobrei a carta mui engenhosamente, coloquei-a numa lança e, ao anoitecer, consegui com muito esforço fazê-la cair no quarto dela.

Na manhã seguinte, passando dissimuladamente por ali, e estando em parte aberta a janela, notei que ela me viu, embora não a pudesse distinguir bem, por causa da espessura da grade.

Finalmente ela respondeu, e de noite, quando escutou meus passos, atirou no solo a carta; apanhei-a, e sem dizerlhe palavra, pelo perigo que para ela

ello para ella había, acordé de irme, y sintiéndome ir dijo:

— Cata aquí el galardón
que recibo de la piedad que tuve.

Y porque los que la guardaban estaban junto conmigo no le pude responder. Tanto me lastimó aquella razón que me dijo que, si fuera buscado, por el rastro de mis lágrimas pudieran hallarme.

Lo que respondió
a Leriano
fue esto:

representava, achei melhor retirar-me. Percebendo que me afastava, disse ela:

— Vê aqui o prêmio
que recebo pela piedade que tive.

Como os que a vigiavam estivessem perto de mim, não lhe pude responder. A tal ponto me comoveu a frase que me disse que, se saíssem à minha procura, haveriam de achar-me pelo rastro de minhas lágrimas.

O que respondeu
a Leriano foi
o seguinte:

Carta de Laureola a Leriano

No sé, Leriano, qué te responda,

sino que en las otras gentes se alaba la piedad por virtud y en mí se castiga por vicio. Yo hice lo que debía según piadosa, y tengo lo que merezco, según desdichada. No fue, por cierto, tu fortuna ni tus obras causa de mi prisión, ni me querello de ti, ni de otra persona en esta vida, sino de mí sola, que por liberarte de muerte me cargué de culpa, como quiera que en esta compasión que te hube más hay pena que carga, pues remedié como inocente y pago como culpada. Pero todavía me place más la prisión sin yerro que la libertad con él. Y por esto, aunque pene en sufrirla, descanso en no merecerla. Yo soy entre las que viven la que menos debiera ser viva. Si el rey no me salva, espero la muerte; si tú me liberas, la de ti y de los tuyos: de manera que por una parte o por otra se me ofrece dolor. Si no me remedias, he de ser muerta; si me liberas y llevas, seré condenada. Y por esto te ruego mucho te trabajes en salvar mi fama y no mi vida, pues lo uno se acaba y lo otro dura. Busca, como dices que haces, quien amanse la saña del rey, que de la manera que dices no puedo ser

Carta de Laureola a Leriano

Não sei o que te responda, Leriano,

a não ser que nos outros se elogia a piedade como virtude, e em mim se castiga como vício. Piedosa, fiz o que devia, e recebo o que mereço como desgraçada. Não foi por certo teu destino nem teus atos a causa de minha prisão; nem me queixo de ti nem de outra pessoa qualquer nesta vida, senão de mim apenas que, para livrar-te da morte, cumulei-me de culpa, muito embora nesta compaixão que tive por ti exista mais sofrimento do que culpa, porquanto dei alívio agindo inocentemente, e pago como culpada. Mais, porém, me apraz a prisão sem ter errado do que a liberdade errando. Por isso, mesmo que sofra suportando-a, alivio-me por não merecê-la. Entre os vivos, sou a que menos deveria estar viva. Se o rei me não salva, aguardo a morte; se tu me libertas, aguardo a tua e a dos teus; assim, de um jeito ou de outro, só me resta a dor. Se me não socorres, hei de morrer; se me libertas e levas, serei condenada. Diante disso, rogo-te firmemente que te empenhes em salvar minha reputação e não minha vida, pois esta se acaba e a outra perdura. Procura, como dizes que fazes, quem aplaque a sanha do rei, pois, da forma como planejas, não

salva sin destrucción de mi honra. Y dejando esto a tu consejo, que sabrás lo mejor, oye el galardón que tengo por el bien que te hice. Las prisiones que ponen a los que han hecho muertes me tienen puestas porque la tuya excusé. Con gruesas cadenas estoy atada, con ásperos tormentos me lastiman, con grandes guardas me guardan, como si tuviese fuerzas para poderme salir. Mi sufrimiento es tan delicado y mis penas tan crueles, que sin que mi padre dé la sentencia, tomara la venganza, muriendo en esta dura cárcel. Espantada estoy como de tan cruel padre nació hija tan piadosa. Si le pareciera en la condición no le temiera en la justicia, puesto que injustamente la quiera hacer.

A lo que toca a Persio
no te respondo porque no ensucie
mi lengua, como ha hecho mi fama.
Verdad es que más querría que de su
testimonio se desdijese que no que muriese
por él. Mas aunque yo digo,
tú determina, que,
según tu juicio,
no podrás errar
en lo que acordares.

poderei salvar-me sem ter minha honra destruída. Deixo isso a teu critério, que saberás o que é melhor; mas veja o prêmio que recebi pelo bem que te fiz. Os grilhões que põem naqueles que causaram mortes, em mim os puseram por ter evitado a tua: estou presa com fortes cadeias; com duros tormentos me afligem; com terríveis sentinelas me guardam, como se eu tivesse forças para evadir-me. Meu sofrimento é tão delicado e tão cruéis meus castigos que, mesmo sem a sentença de meu pai, estou prestes a perpretar a vingança, morrendo neste duro cárcere. Espanta-me como possa ter nascido filha tão piedosa de pai tão cruel; fosse-lhe eu parecida no caráter, não o temeria na justica, ainda que injustamente a queira aplicar.

A respeito de Pérsio
não te quero falar, a fim de não sujar
minha língua como sujou ele minha reputação.
É bem verdade que eu preferiria que ele
desmentisse seu testemunho a ter que morrer
por causa dele. Mas apesar destas minhas palavras,
decide tu, pois, segundo achas,
não poderás
errar quanto
ao que decidires.

El autor

Muy dudoso estuve cuando recibí esta carta de Laureola sobre enviarla a Leriano o esperar a llevarla yo, y en fin hallé por mejor seso no enviársela, por dos inconvenientes que hallé: el uno era porque nuestro secreto se ponía a peligro en fiarla de nadie; el otro, porque las lástimas de ella le pudieran causar tal aceleración que errara sin tiempo lo que con él acertó, por donde se pudiera todo perder.

Pues volviendo al propósito primero, el día que llegué a la corte tenté las voluntades de los principales de ella para poner en el negocio a los que hallase conformes a mi opinión, y ninguno hallé de contrario deseo, salvo a los parientes de Persio. Y como esto hube sabido, supliqué al cardenal que ya dije le pluguiese hacer suplicación al rey por la vida de Laureola, lo cual me otorgó con el mismo amor y compasión que yo se lo pedía. Y sin más tardanza, juntó con él todos los prelados y grandes señores que allí se hallaron, y puesto en presencia del rey, en su nombre y de todos los que iban con él, hízole un habla en esta forma:

O autor

Hesitei muito ao receber essa carta de Laureola, quanto a enviá-la a Leriano, ou esperar para lha entregar pessoalmente; decidi que o mais sensato era não despachá-la, por duas razões: primeiro porque se poria em risco nosso segredo, confiando-o a outrem; segundo, porque as queixas dela poderiam transtorná-lo a ponto de fazê-lo esmorecer no que demorara a planejar — e estaria tudo perdido.

Voltei-me então à primeira alternativa e no dia seguinte ao que cheguei à corte, procurei ver o que achavam seus representantes mais importantes, a fim de envolver no plano aqueles que eu julgasse concordes comigo. Salvo os familiares de Pérsio, todos os demais eram favoráveis a nós. Ciente disso, roguei ao cardeal que anuísse em fazer uma petição ao rei pela vida de Laureola: ele acatou meu pedido com tanto amor e compaixão quanto eu lho pedi. E sem se fazer esperar, reuniu todos os prelados e grandes senhores que lá se encontravam e apresentando-se ao rei, em seu nome e de quantos o acompanhavam, falou-lhe nestes termos:

El cardenal al rey

— No a sinrazón

los soberanos príncipes pasados ordenaron consejo en lo que hubiesen de hacer, según cuantos provechos en ello hallaron, y puesto que fuesen diversos, por seis razones aquella ley debe ser conservada: la primera, porque mejor aciertan los hombres en las cosas ajenas que en las suyas propias, porque el corazón de cuyo es el caso no puede estar sin ira, codicia, afición, deseo u otras cosas semejantes para determinar como debe. La segunda, porque platicadas las cosas siempre quedan en lo cierto. La tercera, porque si aciertan los que aconsejan, aunque ellos dan el voto, del aconsejado es la gloria. La cuarta, por lo que se sigue del contrario, que si por ajeno seso se yerra el negocio, el que pide el parecer queda sin cargo y quien se lo da no sin culpa. La quinta, porque el buen consejo muchas veces asegura las cosas dudosas. La sexta, porque no deja tan fácilmente caer la mala fortuna y siempre en las adversidades pone esperanza. Por cierto, señor, turbio y ciego consejo puede dar ninguno a sí mismo siendo ocupado de saña o pasión. Y por eso no nos culpes si en la fuerza de tu ira te venimos a enojar,

O cardeal ao rei

— Não sem motivo,

os príncipes soberanos do passado convocavam conselho para as decisões que deviam tomar, em razão das muitas vantagens que viam nisso. Embora fossem muitas, por seis motivos deve-se conservar essa tradição. Primeiro porque os homens acertam mais quando ajuizam sobre causa alheia do que sobre as próprias, pois o coração de quem está envolvido num caso não é capaz de isentar-se de ira, inveja, afeição, desejo ou outros sentimentos semelhantes, para poder decidir como deve. Segundo, porque, discutindo os fatos, sempre se chega à verdade. Terceiro, porque, se os conselheiros acertam, embora sejam eles os votantes, a glória recai sobre o aconselhado. Quarto, pela razão contrária da anterior, a saber: se se toma a decisão por juízo alheio, aquele que pede o parecer não assume a responsabilidade, enquanto o conselheiro não se exime de culpa. Quinto, porque muitas vezes o bom conselho resolve os casos duvidosos. Sexto, porque não dá facilmente azo ao azar, e acena sempre com a esperança nas adversidades. Por certo, senhor, ninguém que esteja tomado pela raiva ou paixão deve tomar por si mesmo decisão turva e cega, por isso, não nos culpe

que más queremos que airado nos reprendas porque te dimos enojo, que no que arrepentido nos condenes porque no te dimos consejo.

Señor,

las cosas obradas con deliberación y acuerdo procuran provecho y alabanza para quien las hace, y las que con saña se hacen con arrepentimiento se piensan. Los sabios como tú, cuando obran, primero deliberan que disponen, y sonles presentes todas las cosas que pueden venir, así de lo que esperan provecho como de lo que temen revés. Y si de cualquiera pasión impedidos se hallan, no sentencian en nada hasta verse libres. Y aunque los hechos se dilaten hanlo por bien, porque en semejantes casos la prisa es dañosa y la tardanza segura. Y como han sabor de hacer lo justo, piensan todas las cosas, y antes que las hagan, siguiendo la razón, establécenles ejecución honesta. Propiedad es de los discretos probar los consejos y por ligera creencia no disponer, y en lo que parece dudoso tener la sentencia en peso, porque no es todo verdad lo que tiene semejanza de verdad. El pensamiento del sabio, ahora acuerde, ahora mande, ahora ordene, nunca se parta de lo que puede acaecer, y siempre como celoso de su fama se guarda de error; y por no caer en él tiene memoria en lo pasado, por tomar lo mejor de ello y ordenar lo presente con templanza y contemplar lo porvenir con cordura por tener aviso de todo.

se vimos aborrecer-te em meio ao ímpeto de tua ira. Preferimos que, irado, nos recrimines por te aborrecermos, a que, arrependido, nos condenes por te não termos aconselhado.

Senhor,

os atos feitos com reflexão e bom senso trazem proveito e honra a quem os pratica; os praticados com raiva são depois relembrados com arrependimento. Sábios como tu, ao agirem, primeiro analisam aquilo de que dispõem e repassam tudo que poderá acontecer, tanto de favorável como de desfavorável. Caso se sintam tolhidos por alguma paixão, não se decidem até livrar-se dela. Quando as coisas se arrastam, veem até um bem nisso, pois em tais casos a pressa é prejudicial e a demora proveitosa. Como têm gosto em praticar o que é justo, antes de agir submetem tudo ao crivo da razão, para dar honestidade às ações. É próprio dos prudentes pôr à prova os conselhos e não se valer de pareceres superficiais, deixando de molho a decisão nos casos duvidosos, porque nem sempre é verdade o que tem aparência de verdadeiro. O juízo do sábio, concedendo, mandando ou ordenando, não deve nunca perder de vista as consequências: cioso de seu renome, deve precatar-se contra os erros, e para nestes não incidir, cabe-lhe olhar o passado, para dele extrair o melhor. Para sua mais ampla segurança deve ainda pautar o presente com moderação e olhar serenamente o futuro.

Señor,

todo esto te hemos dicho por que te acuerdes de tu prudencia y ordenes en lo que ahora estás, no según sañudo, mas según sabedor. Así, vuelve en tu reposo, que fuerce lo natural de tu seso al accidente de tu ira. Hemos sabido que quieres condenar a muerte a Laureola. Si la bondad no merece ser ajusticiada, en verdad tú eres injusto juez. No quieras turbar tu gloriosa fama con tal juicio, que, puesto que en él hubiese derecho, antes serías, si lo dieses, infamado por padre cruel que alabado por rey justiciero. Diste crédito a tres malos hombres: por cierto, tanta razón había para pesquisar su vida como para creer su testimonio. Cata que son en tu corte mal infamados, confórmanse con toda maldad, siempre se alaban en las razones que dicen de los engaños que hacen. Pues, ¿por qué das más fe a la información de ellos que al juicio de Dios, el cual en las armas de Persio y Leriano se mostró claramente? No seas verdugo de tu misma sangre, que serás entre los hombres muy afeado. No culpes la inocencia por consejo de la saña.

Y si te pareciere que, por las razones dichas, Laureola no debe ser salva, por lo que debes a tu virtud, por lo que te obliga tu realeza, por los servicios que te hemos hecho, te suplicamos nos hagas merced de su vida. Y porque menos palabras de las dichas bastaban, según tu clemencia, para hacerlo, no te queremos decir sino que pienses cuánto es mejor que perezca tu ira que tu fama.

Senhor,

dizemos-te tudo isto para que sejas prudente e decidas nesta conjuntura não como irado, mas como sábio. Assim volta à tua serenidade; que teu natural bom senso vença tua ira momentânea. Soubemos que desejas condenar à morte Laureola: se a bondade não deve ser castigada, então és um juiz injusto. Não poluas teu glorioso nome com tal decisão, pois, ainda que houvesse algum fundamento nela, se a cometeres, não serás elogiado como rei justiceiro, e sim infamado como pai cruel. Deste crédito a três homens pérfidos: certamente havia motivos tanto para vasculhar-lhes a vida como para crer em seus testemunhos. Eis que são mal conceituados em tua corte, estão ligados a tudo que é ruim e sempre se gabando das mentiras que pregam. Por que dás então mais fé à palavra deles do que ao juízo de Deus, que se manifestou tão claro no combate entre Pérsio e Leriano? Não sejas verdugo de teu próprio sangue, pois serás mui denegrido entre os homens; não condenes a inocência, aconselhado pela ira.

Se, apesar de tudo, achares que, diante das razões apresentadas, Laureola não deve salvar-se, suplicamos-te faça mercê de sua vida pelo que deves à tua virtude, pelo quanto te obriga tua realeza e pelos serviços que te vimos prestando. E porque menos palavras do que as pronunciadas teriam bastado para que agisses segundo tua clemência, não te queremos pedir senão que penses quão melhor é que pereça tua ira e não teu renome.

Respuesta del rey

— Por bien aconsejado me tuviera de vosotros si no tuviese sabido ser tan debido vengar las deshonras como perdonar las culpas. No era menester decirme las razones por que los poderosos deben recibir consejo, porque aquellas y otras que dejaste de decir tengo yo conocidas. Mas, bien sabéis, cuando el corazón está embargado de pasión que están cerrados los oídos al consejo, y en tal tiempo las fructuosas palabras, en lugar de amansar, acrecientan la saña, porque reverdecen en la memoria la causa de ella. Pero digo que estuviese libre de tal impedimento, yo creería que dispongo y ordeno sabiamente la muerte de Laureola, lo cual quiero mostraros por causas justas determinadas según honra y justicia.

Si el yerro de esta mujer quedase sin pena, no sería menos culpable que Leriano en mi deshonra. Publicado que tal cosa perdoné, sería de los comarcanos despreciado y de los naturales desobedecido y de todos mal estimado, y podría ser acusado que supe mal conservar la generosidad de mis antecesores. Y a tanto se extendería esta culpa si castigada no fuese, que podría mancillar la fama de los pasados, la honra de los

Resposta do rei

— Ter-me-ia por bem aconselhado por vós outros, se não soubesse que é tão necessário vingar as desonras como perdoar as culpas. Não se fazia mister dizer-me as razões pelas quais os poderosos devem ser aconselhados, pois essas e outras que deixastes de mencionar, já eu as conhecia. Bem sabeis, porém, que, quando o coração está dominado pela paixão, cerram-se os ouvidos aos conselhos. E em tais casos, as palavras profícuas, ao invés de aplacar, exacerbam a ira, porque avivam na memória a causa dela. Afirmo, porém, que, ainda que estivesse livre dessa barreira, acreditaria dispor e ordenar sabiamente a morte de Laureola: e quero mostrar-vos que é por motivos justos, determinados com base na honra e justiça.

Ficasse sem castigo o erro dessa mulher, não seria ela menos culpada de minha desonra do que Leriano. Divulgando-se que perdoei esse ato, eu seria desprezado pelos comarcanos, desobedecido pelos súditos, malquisto por todos, podendo ainda ser acusado de que não soube manter bem a generosidade de meus antecessores. Tais consequências teria esse erro, se castigado não for, que poderia manchar o renome dos antepassados, a honra dos presentes e o sangue dos que

presentes y la sangre de los por venir; que sola una mácula en el linaje cunde toda la generación. Perdonando a Laureola sería causa de otras mayores maldades que en esfuerzo de mi perdón se harían, pues más quiero poner miedo por cruel que dar atrevimiento por piadoso, y seré estimado como conviene que los reyes lo sean.

Según justicia, mirad cuantas razones hay para que sea sentenciada: bien sabéis que establecen nuestras leyes que la mujer que fuere acusada de tal pecado muera por ello. Pues ya veis cuanto más me conviene

virão, pois, uma única nódoa na linhagem alastra-se por toda a geração. Perdoar a Laureola seria motivo para outras maldades maiores serem cometidas, sob a confiança do meu perdão: ora, quero antes intimidar pela crueldade do que, por piedoso, estimular o atrevimento. Assim, serei estimado como convém o sejam os reis.

Vede quantas razões há para que Laureana seja com justiça sentenciada. Bem sabeis que nossas leis decretam que morra a mulher acusada desse delito. Por aí vedes quanto se me impõe ser chamado de rei justo ao invés de complacente, e eu seria assaz lembrado se, em lugar de preservar a lei a violasse, sem dizer que a si mesmo condena quem ao que erra perdoa. De igual modo é preciso manter o direito, não devendo o coração do juiz se deixar levar por favores, amor, cobiça nem outros interesses: se a justiça for correta, será elogiada; e condenada, se comprometida; jamais deve ser distorcida, pois é causa de inúmeros bens: intimida os

ser llamado rey justo que perdonador culpado, que lo sería muy conocido si en lugar de guardar la ley, la quebrase, pues a sí mismo se condena quien al que yerra perdona. Igualmente se debe guardar el derecho, y el corazón del juez no se ha de mover por favor, ni amor, ni codicia, ni por ningún otro accidente. Siendo derecha, la justicia es alabada, y si es favorable, aborrecida. Nunca se debe torcer, pues de tantos bienes es causa: pone miedo a los malos, sostiene los buenos, pacifica las diferencias, ataja las cuestiones, excusa las contiendas, aviene los debates, asegura los caminos, honra los pueblos, favorece los pequeños, enfrena los mayores, es para el bien común en gran manera muy provechosa. Pues para conservar tal bien, porque las leyes se sostengan, justo es que en mis propias cosas la use. Si tanto la salud de Laureola queréis y tanto su bondad alabáis, dad un testigo de su inocencia como hay tres de su cargo, y será perdonada con razón y alabada con verdad. Decís que debiera dar tanta fe al juicio de Dios como al testimonio de los hombres: no os maravilléis de así no hacerlo, que veo el testimonio cierto y el juicio no

maus, ampara os bons, pacifica as diferenças, administra os conflitos, evita as disputas, acomoda os debates, dá segurança aos caminhos, honra os cidadãos, favorece os pequenos, enfrenta os poderosos. Sob muitos aspectos é proveitosíssima para o bem comum: portanto, para a conservação desse bem, para que se observem as leis, é justo que eu a aplique em meus próprios assuntos. Se desejais tanto a salvação de Laureola e elogiais tanto sua bondade, apresentai uma testemunha de sua inocência, da mesma forma que há três de sua culpa — então será ela perdoada com justiça e elogiada com base na verdade. Dizeis que devo dar tanta fé ao juízo de Deus como ao testemunho dos homens; não vos espanteis de que assim não faça, pois entendo que o testemunho é certo e o juízo incompleto, porquanto, embora

acabado, que, puesto que Leriano llevase lo mejor de la batalla, podemos juzgar el medio y no saber el fin.

No respondo a todos los apuntamientos de vuestra habla por no hacer largo proceso y en el fin enviaros sin esperanza. Mucho quisiera aceptar vuestro ruego por vuestro merecimiento. Si no lo hago, habedlo por bien, que no menos debéis desear la honra del padre que la salvación de la hija.

> Leriano tenha levado a melhor
> no combate, com isso podemos
> julgar o meio e ignorar o fim.

Não respondo a todos os tópicos de vosso discurso para não alongar demasiadamente a discussão e despachá-los ao final desanimados. Pelo quanto mereceis, gostaria muitíssimo de acolher vossa petição; procurai compreender se o não faço, pois não deveis desejar menos a honra do pai do que a salvação da filha.

El autor

La desesperanza del responder del rey fue para los que la oían causa de grave tristeza; y como yo, triste, viese que aquel remedio me era contrario, busqué el que creía muy provechoso, que era suplicar a la reina le suplicase al rey por la salvación de Laureola.

Y yendo a ella con este acuerdo, como aquella que tanto participaba en el dolor de la hija, topela en una sala, que venía a hacer lo que yo quería decirle, acompañada de muchas generosas dueñas y damas, cuya autoridad bastaba para alcanzar cualquier cosa, por injusta y grave que fuera, cuanto más aquella, que no con menos razón el rey debiera hacerla que la reina pedirla.

La cual, puestas las rodillas en el suelo, le dijo palabras así sabias para culparle como piadosas para amansarlo. Decíale la moderación que conviene a los reyes, reprendíale la perseverancia de su ira, acordábale que era

O autor

A falta de esperança da resposta do rei foi motivo de profunda tristeza aos que a ouviam; e eu, abatido, vendo esvair-se aquele recurso, fui à caça do que acreditava ser de grande proveito, ou seja, suplicar à rainha que implorasse ao rei pela salvação de Laureola.

Indo com tal intenção procurá-la, como a pessoa que mais sofria com a dor da filha, encontrei-a numa sala, fazendo o que eu queria dizer-lhe que fizesse, acompanhada de muitas senhoras e damas generosas, cuja importância bastava para alcançar qualquer coisa, por injusta e grave que fosse, quanto mais essa que, por não menor razão, deveria tanto o rei acatar como a rainha pedir.

De joelhos no chão, disse-lhe a rainha palavras tão sábias para constrangê-lo, quanto piedosas para aplacá-lo. Falou-lhe da moderação que compete aos reis; recriminou-lhe a pertinácia de sua ira; lembrou-lhe que era pai; apresentou-lhe razões tão sensatas para serem ouvidas como para serem sentidas. Suplicou-lhe que, se fosse adotar tão cruel sentença, se contentasse de matar a ela, que já vivera bastante e poupasse Laureola, tão digna de viver. Demonstrou-lhe que a morte da ré mataria o renome do juiz, a vida da julgada e a felicidade da suplicante. Entretanto, tão empedernido estava o rei em seu propósito, que

padre, hablábale razones tan discretas para notar como lastimadas para sentir, suplicábale que, si tan cruel juicio dispusiese, se quisiese satisfacer con matar a ella, que tenía los más días pasados, y dejase a Laureola, tan digna de la vida. Probábale que la muerte de la salva mataría la fama del juez, el vivir de la juzgada y los bienes de la que suplicaba. Mas tan endurecido estaba el rey en su propósito que no pudieron para con él las razones que dijo, ni las lágrimas que derramó. Y así se volvió a su cámara con poca fuerza para llorar y menos para vivir.

Pues viendo que menos la reina hallaba gracia en el rey, llegué a él como desesperado, sin temer su saña, y díjele, porque su sentencia diese con justicia clara, que Leriano daría una persona que hiciese armas con los tres falsos testigos, o que él por sí lo haría, aunque bajase su merecer, porque mostrase Dios lo que justamente debiese obrar.

Respondiome que me dejase de embajadas de Leriano, que en oír su nombre le crecía la pasión.

Pues volviendo a la reina, como supo que en la vida de Laureola no había remedio, fuese a la prisión donde estaba y besándola diversas veces decíale tales palabras:

não o demoveram as palavras dela nem as lágrimas derramadas; voltou ela assim ao seu quarto, sem forças para chorar e menos ainda para viver.

Ao ver que nem a rainha alcançava o perdão junto ao rei, fui-me a ele desesperado, sem medo de sua ira, e disse-lhe que Leriano, para que sua sentença ocorresse dentro da melhor justiça, apresentaria uma pessoa que enfrentasse as três falsas testemunhas, ou que ele próprio o faria, embora rebaixando-se, para que Deus evidenciasse o que deveria ser executado com justiça.

Respondeu-me que parasse de representar Leriano, pois, só de ouvir-lhe o nome, crescia-lhe a revolta.

Mas, retornemos à rainha: constatando que não havia saída para a vida de Laureola, dirigiu-se à prisão onde ela se achava e beijando-a efusivamente, dizia-lhe:

La reina a Laureola

¡Oh bondad acusada con malicia! ¡Oh virtud sentenciada con saña! ¡Oh hija nacida para el dolor de su madre! Tú serás muerta sin justicia y de mí llorada con razón. Más poder ha tenido tu ventura para condenarte que tu inocencia para hacerte salva. Viviré en soledad de ti y en compañía de los dolores que en tu lugar me dejas, los cuales, de compasión, viéndome quedar sola, por acompañadores me diste. Tu fin acabará dos vidas, la tuya sin causa y la mía por derecho, y lo que viviere después de ti me será mayor muerte que la que tú recibirás, porque mucho más atormenta desearla que padecerla. Pluguiera a Dios que fueras llamada hija de la madre que murió y no de la que te vio morir. De las gentes serás llorada en cuanto el mundo durare.

Todos los que de ti tenían noticia habían por pequeña cosa este reino que habías de heredar, según lo que merecías. Pudiste caber en la ira de tu padre, y dicen los que te conocen que no cupiera en toda la tierra tu merecer. Los ciegos deseaban vista por verte, los mudos habla por alabarte y los pobres riqueza por

A rainha a Laureola

Ó bondade acusada maliciosamente! Ó virtude condenada pela ira! Ó filha nascida para a dor de sua mãe! Serás morta injustamente e por mim chorada com razão. Mais força teve teu destino para condenar-te do que tua inocência para salvar-te. Viverei solitária de ti e na companhia das dores que me deixas para substituir-te: vendo-me ficar só, compadecida tu mas deste por companheiras. Teu fim liquidará duas vidas: a tua sem razão e a minha por direito — e viver sem ti será para mim morte maior do que a que receberás, porque atormenta muito mais desejá-la que sofrê-la. Prouvera a Deus fosses chamada filha da mãe que morreu e não da que te viu morrer. Serás de todos chorada, enquanto durar o mundo.

Quantos te conheciam, achavam de pouca monta este reino que herdarias, tal era teu merecimento. Fizeste transbordar a ira de teu pai: no entanto, os que te conhecem dizem que a terra inteira não bastara para acolher teus méritos. Os cegos queriam a visão para ver-te, os mudos a fala para elogiar-te e os pobres riqueza para

servirte. A todos eras agradable y a Persio fuiste odiosa. Si algún tiempo vivo, él recibirá de sus obras galardón justo, y aunque no me queden fuerzas para otra cosa sino para desear morir, para vengarme de él tomarlas he prestadas de la enemistad que le tengo, puesto que esto no me satisfaga, porque no podrá sanar el dolor de la mancilla la ejecución de la venganza. ¡Oh hija mía!, ¿por qué, si la honestidad es prueba de la virtud, no dio el rey más crédito a tu presencia que al testimonio? En el habla, en las obras, en los pensamientos, siempre mostraste corazón virtuoso. Pues ¿por qué consiente Dios que mueras? No hallo por cierto otra causa sino que puede más la muchedumbre de mis pecados que el merecimiento de tu justedad, y quiso que mis errores comprendiesen tu inocencia. Pon, hija mía, el corazón en el cielo. No te duela dejar lo que se acaba por lo que permanece. Quiere el Señor que padezcas como mártir porque goces como bienaventurada. De mí no leves deseo, que si fuere digna de ir donde fueres, sin tardanza te sacare de él. ¡Qué lástima tan cruel para mí que suplicaron tantos al rey por tu vida y no pudieron todos defenderla, y podrá un cuchillo acabarla, el cual dejará el padre culpado, la madre con dolor, la hija sin salud y el reino sin heredera!

Deténgome tanto contigo, luz mía, y dígote palabras tan lastimeras que te quiebren el corazón, porque deseo que mueras en mi poder de dolor por no verte morir en el del verdugo por justicia, el cual, aunque derrame tu

servir-te; a todos eras simpática, mas de Pérsio caíste no ódio. Se eu viver algum tempo, receberá ele o justo castigo pelos seus atos, e embora me não restem forças senão para desejar a morte, para vingar-me dele tomá-las-ei de empréstimo ao ódio que lhe voto — ainda que isso me não alivie, porquanto a execução da vingança não será capaz de apagar a dor da desonra. Ó filha minha! Se a honestidade é prova de virtude, por que não deu o rei mais crédito à tua pessoa do que às testemunhas? Na linguagem, nas obras, nos pensamentos, sempre mostraste coração virtuoso. Por que, pois, permite Deus que morras? Não encontro, por certo, outra razão a não ser que a quantidade de meus pecados pode mais que o mérito de tua virtude — e quis Ele que meus erros comprometessem tua inocência. Põe no céu teu coração, minha filha; não te doa deixar o perecível em troca do permanente. Quer o Senhor que sofras como mártir para que gozes como bem-aventurada. Não leves saudade de mim, pois se eu for digna de ir aonde fores, em breve de lá te arrancarei. Que pena tão amarga é para mim que tantos tenham suplicado ao rei por tua vida e nenhum conseguiu defendê-la, sendo que poderá extingui-la uma faca, a qual deixará ao pai culpado, à mãe com dor, à filha sem salvação e ao reino sem herdeira!

Demoro-me bastante contigo, minha luz, e digo-te palavras bem lamentosas, que te quebrantem o coração, porque desejo morras de dor, sob minhas mãos, para que

sangre, no
tendrá tan
crueles las manos
como el rey la condición.
Pero, pues no se cumple mi
deseo, antes que me vaya recibe los
postrimeros besos de mí, tu piadosa madre.
Y así me despido de tu vista, de tu vida y de
más querer la mía.

te não veja morrer
pela justiça nas mãos
do verdugo — o qual, embora
derrame teu sangue, suas mãos
não serão tão cruéis como a decisão
do rei. Entretanto, já que se não realiza meu
desejo, recebe, antes que me vá, os derradeiros
beijos desta tua piedosa mãe; e assim me despeço
de tua presença e de tua vida, aborrecida
da minha própria.

El autor

Como la reina acabó su habla, no quiso esperar la respuesta de la inocente por no recibir doblada mancilla, y así ella y las señoras de quien fue acompañada, se despidieron de ella con el mayor llanto de todos los que en el mundo son hechos. Y después que fue ida, envié a Laureola un mensajero, suplicándole escribiese al rey, creyendo que habría más fuerza en sus piadosas palabras que en las peticiones de quien había trabajado su libertad, lo cual luego puso en obra con mayor turbación que esperanza. La carta decía en esta manera:

O autor

Terminando seu desabafo, não quis a rainha aguardar a resposta da inocente, a fim de se não sentir duplamente machucada; assim ela e as senhoras que a acompanhavam despediram-se da presa com o maior pranto de quantos já se derramaram no mundo. Depois que ela se foi, enviei um mensageiro a Laureola, suplicando-lhe escrevesse ao rei, pois acreditava que haveria mais força em suas piedosas palavras do que nas acusações de quem comprometera sua liberdade. Ela o fez prontamente, mais com angústia do que com esperança. A carta dizia o seguinte:

Carta de Laureola al rey

Padre:

he sabido que me sentencias a muerte y que se cumple de aquí a tres días el término de mi vida, por donde conozco que no menos deben temer los inocentes la ventura que los culpados la ley, pues me tiene mi fortuna en el estrecho que me pudiera tener la culpa que no tengo, lo cual conocerías si la saña te dejase ver la verdad.

Bien sabes la virtud que las crónicas pasadas publican de los reyes y reinas donde yo procedo; pues, ¿por qué, nacida yo de tal sangre, creíste más la información falsa que la bondad natural? Si te place matarme por voluntad, obra lo que por justicia no tienes, porque la muerte que tú me dieres, aunque por causa de temor la rehúse, por razón de obedecer la consiento, habiendo por mejor morir en tu obediencia que vivir en tu desamor. Pero todavía te suplico que primero acuerdes que determines, porque, como Dios es verdad, nunca hice cosa por que mereciese pena. Mas digo, señor, que la hiciera, tan convenible te es la piedad de padre como el rigor de justo. Sin duda yo deseo tanto mi vida por lo que a

Carta de Laureola ao rei

Pai:

soube que me condenas à morte, e que acaba daqui a três dias o tempo da minha vida; assim sendo, aprendo que não devem os inocentes temer menos a sorte do que os culpados a lei, pois coloca-me a fortuna no mesmo impasse em que me poderia meter a culpa que não tenho — coisa que reconhecerias se a cólera te deixasse ver a verdade.

Conheces bem a virtude que as crônicas antigas divulgam dos reis e rainhas de quem descendo; então por que, nascendo eu de tal sangue, deste maior crédito à falsa informação do que à bondade natural? Se te agrada matar-me, fazê-o por capricho, pois pela justiça não tens por que: a morte que me venhas a dar, embora dela me esquive por medo, acolho-a devido à obediência, preferindo morrer obedecendo-o a viver sob teu desafeto. Mas suplico-te ainda uma vez que ponderes antes de decidir, porque, assim como Deus é a verdade, jamais fiz algo pelo que merecesse castigo. E mesmo que o tivesse feito, digo-te, senhor, que é de toda conveniência tenhas tanto a piedade de pai quanto o rigor do justiceiro. Claro, apego-me tanto à vida, já pelo que diz respeito a mim,

ti toca como por lo que a mí cumple, que al cabo soy hija. Cata, señor, que quien crudeza hace su peligro busca. Más seguro de caer estarás siendo amado por clemencia que temido por crueldad. Quien quiere ser temido, forzado es que tema. Los reyes crueles de todos los hombres son desamados, y estos, a las veces, buscando cómo se venguen, hallan cómo se pierdan. Los súbditos de los tales más desean la revuelta del tiempo que la conservación de su estado, los salvos temen su condición y los malos su justicia. Sus mismos familiares les tratan y buscan la muerte, usando con ellos lo que de ellos aprendieron.

Dígote, señor, todo esto

porque deseo que se sustente tu honra y tu vida. Mal esperanza tendrán los tuyos en ti, viéndote cruel contra mí; temiendo otro tanto les darás en ejemplo de cualquier osadía, que quien no está seguro nunca asegura. ¡Oh cuánto están libres de semejantes ocasiones los príncipes en cuyo corazón está la clemencia! Si por ellos conviene que mueran sus naturales, con voluntad se ponen por su salvación al peligro: vélanlos de noche, guárdanlos de día. Más esperanza tienen los benignos y piadosos reyes en el amor de las gentes que en la fuerza de los muros de sus fortalezas. Cuando salen a las plazas, el que más tarde los bendice y alaba más temprano piensa que yerra.

já pelo que se refere a ti, pois afinal sou filha. Tem presente, senhor, que quem usa de crueldade, mete-se em perigo. Corres mais risco de te perderes, não por vires a ser amado devido à tua clemência, e sim por seres temido devido à tua crueldade. Quem quer ser temido, é obrigado a temer. Os reis cruéis são odiados por todos, e buscando meios de vingar-se, às vezes encontram sua perdição. Seus súditos preferem voltar ao que eram a conservar seu estado: os que estão a salvo, temem seu caráter e os maus, sua justiça. Seus próprios familiares tramam contra eles e procuram matá-los, usando contra eles o que deles aprenderam.

Digo-te tudo isto, senhor,

porque desejo que se preserve tua honra e tua vida. Pouca esperança terão os teus em ti, vendo-te cruel contra mim; temendo que o mesmo ocorra com eles, servir-lhes-ei de estímulo para toda ousadia, pois quem não está seguro não gera segurança. Oh! como estão livres destes riscos os príncipes em cujo coração há clemência! Se seus súditos se veem na contingência de morrer por eles, voluntariamente se expõem ao perigo para salvá-los; vigiam à noite por eles e guardam-nos durante o dia. Maior confiança têm os reis benignos e piedosos no amor do povo que na resistência das muralhas de suas fortalezas. Quando os cidadãos vão às praças, aquele que se atrasa em bendizê-los e louvá-los apressa-se em julgar-se em falta.

Pues mira, señor,

el daño que la crueldad causa y el provecho que la mansedumbre procura. Y si todavía te pareciere mejor seguir antes la opinión de tu saña que el consejo propio, malaventurada sea hija que nació para poner en condición la vida de su padre, que por el escándalo que pondrás con tan cruel obra nadie se fiará de ti, ni tú de nadie te debes fiar, porque con tu muerte no procure alguno su seguridad.

Y lo que más siento, sobre todo, es que darás contra mí la sentencia y harás de tu memoria la justicia, la cual será siempre acordada más por la causa de ella que por ella misma. Mi sangre ocupará poco lugar y tu crueza toda la tierra. Tú serás llamado padre cruel y yo seré dicha hija inocente, que, pues Dios es justo, él aclarará mi verdad: así quedaré libre de culpa cuando haya recibido la pena.

Pois vê, senhor,

o mal que a crueldade provoca e o bem que resulta da mansidão; se ainda te parece melhor preferir a inclinação de tua ira ao próprio bom senso, desgraçada seja a filha que nasceu para comprometer a vida de seu pai, porquanto, devido ao escândalo que cometerás com ato tão cruel, ninguém confiará em ti, nem tu deves confiar em ninguém, pois haverão de buscar sua segurança em tua morte.

Acima de tudo, o que mais sinto é que sentencias contra mim e lavras a justiça contra tua memória, que será sempre lembrada mais por causa da sentença do que por ela mesma. Meu sangue ocupará pouco espaço, mas a tua crueldade a terra toda. Serás chamado de pai cruel e eu serei dita filha inocente, pois, sendo Deus justo, haverá de iluminar minha verdade. Ficarei assim livre de culpa, depois de sofrer o castigo.

El autor

Después que Laureola acabó de escribir, envió la carta al rey con uno de aquellos que la guardaban, y tan amada era de aquel y todos los otros guardadores, que le dieran libertad si fueran tan obligados a ser piadosos como leales. Pues como el rey recibió la carta, después de haberla leído, mandó muy enojadamente que al llevador de ella le tirasen delante.

Lo cual yo viendo, comencé de nuevo a maldecir mi ventura, y puesto que mi tormento fuese grande, ocupaba el corazón de dolor, mas no la memoria de olvido para lo que hacer convenía. Y a la hora, porque había más espacio para la pena que para el remedio, hablé con Galio, tío de Laureola, como es contado, y díjele cómo Leriano quería sacarla por fuerza de la prisión, para lo cual le suplicaba mandase juntar alguna gente para que, sacada de la cárcel, la tomase en su poder y la pusiese en salvo, porque si él consigo la llevase podría dar lugar al testimonio de los malos hombres y a la acusación de Persio. Y como no le fuese menos cara que a la reina la muerte de Laureola, respondiome que aceptaba lo que decía, y como su voluntad y mi deseo fueron conformes, dio prisa en mi partida, porque antes que el hecho se supiese se despachase,

O autor

Tendo acabado de escrever, Laureola enviou a carta ao rei por um dos que a vigiavam; tão querida era deste e dos demais guardas que lhe dariam a liberdade se tivessem a mesma fortaleza de serem piedosos quanto fiéis. Recebida e lida a carta, o rei ordenou muito contrariado que lhe tirassem da frente o portador.

Vendo isso, de novo lamentei minha sorte, e embora minha aflição fosse enorme e meu coração sofresse, minha mente não descuidava do que deveria fazer. Imediatamente, já que o castigo estava mais iminente do que o perdão, falei com Gálio, tio de Laureola, conforme já mencionado. Disse-lhe que Leriano queria tirá-la à força da prisão; assim, rogava-lhe reunisse alguns homens para que, tão logo solta, ele a apanhasse e pusesse a salvo, porquanto se o próprio Leriano a levasse, reforçaria o testemunho dos homens maus e a acusação de Pérsio. Como ao tio não fosse menos querida do que à rainha a vida de Laureola, respondeu-me que acolhia o pedido. Acertado que ficamos, apressou-se em dispensar-me, a fim de que ele agisse antes que a notícia corresse. Não perdi tempo e alcançando Leriano, dei-lhe conta do que fiz e do que acabo de relatar; em seguida, entreguei-lhe a carta de Laureola.

la cual puse luego en obra. Y llegado donde Leriano estaba, dile cuenta de lo que hice y de lo poco que acabé; y hecha mi habla, dile la carta de Laureola, y con la compasión de las palabras de ella y con pensamiento de lo que esperaba hacer traía tantas revueltas en el corazón, que no sabía qué responderme. Lloraba de lástima, no sosegaba de sañudo, desconfiaba según su fortuna, esperaba según su justicia. Cuando pensaba que sacaría a Laureola, alegrábase; cuando dudaba si lo podría hacer, enmudecía. Finalmente, dejadas las dudas, sabida la respuesta que Galio me dio, comenzó a proveer lo que para el negocio cumplía, y como hombre proveído, en tanto que yo estaba en la corte juntó quinientos hombres de armas suyos sin que pariente ni persona del mundo lo supiese. Lo cual acordó con discreta consideración, porque si con sus deudos lo comunicara, unos, por no deservir al rey, dijeran que era mal hecho, y otros, por asegurar su hacienda, que lo debía dejar, y otros, por ser el caso peligroso, que no lo debía emprender. Así que por estos inconvenientes y porque por allí pudiera saberse el hecho, quiso con sus gentes solas acometerlo.

Y no quedando sino un día para sentenciar a Laureola, la noche antes juntó sus caballeros y díjoles cuanto eran más obligados los buenos a temer la vergüenza que el peligro. Allí les acordó cómo por las obras que hicieron aún vivía la fama de los pasados, rogoles que por codicia de la gloria de buenos no curasen de la

As palavras doridas de Laureola e o pensamento do que pretendia fazer turbilhonavam-lhe a tal ponto os sentimentos que não sabia o que me responder. Chorava de dor, desesperava de raiva, desconfiava de sua sorte, alimentava esperança na sua justiça. Ao pensar que libertaria Laureola, alegrava-se; ficava paralisado, se lhe ocorria a incerteza de conseguir fazê-lo. Por fim, serenadas as dúvidas e diante da resposta que Gálio me dera, Leriano começou a tomar as devidas providências; previdente, enquanto eu ficava na corte, reuniu quinhentos de seus soldados, sem que parente nem qualquer outra pessoa ficasse sabendo. E o fez com bastante prudência, pois, se se abrisse com os parentes, uns, para não desobedecer ao rei, diriam que a coisa estava errada; outros, para garantir seus bens, que ele não deveria fazer nada; e outros, ainda, que, por ser um feito perigoso, não deveria realizá-lo. Por esses inconvenientes todos e porque disso poderia resultar a divulgação do plano, Leriano preferiu agir apenas com seus mais íntimos.

Quando faltava só um dia para a execução de Laureola, Leriano reuniu nessa noite os cavaleiros e admoestou-os do quanto os bons estavam obrigados a temer mais a vergonha do que o perigo. Recordou-lhes como pelos atos deles conservava-se ainda vivo o renome dos antepassados. Rogou-lhes que pela vontade intensa de alcançarem a glória de serem bons, não se preocupassem em preservar a vida. Trouxe-lhes à memória o prêmio

de vivos, trájoles a la memoria el premio de bien morir, y mostroles cuanto era locura temerlo no pudiendo excusarlo. Prometioles muchas mercedes, y después que les hizo un largo razonamiento, díjoles para qué los había llamado, los cuales a una voz juntos se profirieron a morir con él.

Pues conociendo Leriano la lealtad de los suyos, túvose por bien acompañado y dispuso su partida en anocheciendo; y llegado a un valle cerca de la ciudad, estuvo allí en celada toda la noche, donde dio forma en lo que había de hacer. Mandó a un capitán suyo con cien hombres de armas que fuese a la posada de Persio y que matase a él y a cuantos en defensa se le pusiesen. Ordenó que otros dos capitanes estuviesen con cada cincuenta caballeros a pie en dos calles principales que salían a la prisión, a los cuales mandó que tuviesen el rostro contra la ciudad, y que a cuantos viniesen defendiesen la entrada de la cárcel, entretanto que él, con los trecientos que le quedaban trabajaba por sacar a Laureola. Y al que dio cargo de matar a Persio, díjole que en despachando se fuese a juntar con él. Y creyendo que a la vuelta, si acabase el hecho, había de salir peleando, porque al subir en los caballos no recibiese daño, mandó aquel mismo caudillo que él, y los que con él fuesen, se adelantasen a la celada a cabalgar, para que hiciesen rostro a los enemigos, en tanto que él y los otros tomaban los caballos, con los cuales dejó cincuenta hombres de pie para que los guardasen.

de morrer bem, mostrando-lhes como era loucura temer a morte, quando dela não se podia escapar. Prometeu-lhes muitos favores, e depois de longo discurso, revelou porque os chamara — e eles em uníssono declararam-se prontos a morrer com ele.

Convencido da lealdade dos seus, Leriano sentiu-se bem servido e decidiu partir ao cair da noite. Chegando num vale próximo da cidade, ali permaneceu escondido a noite toda e planejou o que faria. Mandou um de seus capitães com cem homens à moradia de Pérsio para que o matassem e aos que o defendiam. A outros dois capitães ordenou que se posicionassem com cinquenta infantes em duas ruas importantes da cidade, que davam para a prisão; mandou que ficassem de frente para a cidade e impedissem a entrada na prisão a quantos surgissem, enquanto ele, mais os trezentos que lhe restavam, se empenhariam em libertar Laureola. Àquele que encarregara de matar Pérsio disse que, missão cumprida, viesse juntar-se a ele. Julgando que, à saída do cárcere, depois da ação, teria de continuar lutando — para não ser ferido enquanto ele e os seus montassem nos cavalos — mandou que esse mesmo caudilho e seus homens saíssem à galope do esconderijo e atacassem o inimigo, enquanto ele e os outros apanhavam os cavalos, guardados por cinquenta infantes.

Y como, acordado todo esto comenzase a amanecer, en abriendo las puertas movió con su gente, y entrados todos dentro en la ciudad, cada uno tuvo a cargo lo que había de hacer. El capitán que fue a Persio, dando la muerte a cuantos topaba, no paró hasta él, que se comenzaba a armar, donde muy cruelmente sus maldades y su vida acabaron. Leriano, que fue a la prisión, acrecentando con la saña la virtud del esfuerzo, tan duramente peleó con las guardas, que no podía pasar adelante sino por encima de los muertos que él y los suyos derribaban. Y como en los peligros más la bondad se

Estando tudo isso combinado, começou a amanhecer. Abertas as portas da cidade, Leriano despachou seus homens, buscando no seu interior cada um a sua posição. O capitão enviado a Pérsio, matou a quantos encontrava, até chegar a ele que começava a armar-se: ali tiveram fim suas maldades e sua vida. Leriano, ao entrar na prisão, ampliando a força da coragem com a raiva, lutou tão bravamente com os guardas que só pôde avançar pisando os mortos que ele e os seus abatiam. E como diante dos perigos a virtude cresce, pela força das armas chegou onde estava Laureola, a quem libertou com tal respeito e deferência, como se o fizesse em circunstâncias normais: pondo-se de joelhos no chão, beijou-lhe as mãos como a filha de seu rei.

No meio desse alvoroço, achava-se Laureola tão fraca que mal podia andar: o coração lhe falecia, fugiam-lhe as cores e nem parecia viva. Tirando-a desse cárcere abençoado que merecera guardar tamanha bondade, Leriano deu com Gálio e seu bando de gente que o esperava: na presença de todos, entregou-lhe Laureola; enquanto seus cavaleiros repeliam um ataque repentino, ele a colocou numa hacanea, previamente ajaezada por Gálio, e depois de beijar-lhe as mãos, voltou a ajudar e reforçar os seus, dirigindo sempre o olhar para ela, até perdê-la de vista. Sem encontrar resistência, seu tio a levou para Dala, a citada fortaleza.

acrecienta por fuerza de armas, llegó hasta donde estaba Laureola, a la cual sacó con tanto acatamiento y ceremonia como en tiempo seguro lo pudiera hacer, y puesta la rodilla en el suelo, besole las manos como a hija de su rey.

Estaba ella con la turbación presente tan sin fuerza que apenas podía moverse: desmayábale el corazón, fallecíale la color, ninguna parte de viva tenía. Pues como Leriano la sacaba de la dichosa cárcel, que tanto bien mereció guardar, halló a Galio con una batalla de gente que la estaba esperando, y en presencia de todos se la entregó. Y como quiera que sus caballeros peleaban con los que al rebato venían, púsola en una hacanea que Galio tenía aderezada, y después de besarle las manos otra vez, fue a ayudar y favorecer su gente, volviendo siempre a ella los ojos hasta que de vista la perdió, la cual, sin ningún contraste, llevó su tío a Dala, la fortaleza dicha.

Pues tornando a Leriano, como ya el alboroto llegó a oídos del rey, pidió las armas, y tocadas las trompetas y atabales, armose toda la gente cortesana y de la ciudad. Y como el tiempo le ponía necesidad para que Leriano saliese al campo, comenzolo a hacer, esforzando los suyos con animosas palabras, quedando siempre en la rezaga, sufriendo la multitud de los enemigos con mucha firmeza de corazón. Y por guardar la manera honesta que requiere el retraer, iba ordenado con menos prisa que el caso pedía, y así, perdiendo algunos de los suyos y matando a muchos de los contrarios, llegó adonde dejó los caballos, y guardada la orden que para aquello había dado, sin

Voltemos a Leriano: sabendo o rei do atentado, pediu suas armas e, tocadas as trombetas e timbales, armaram-se os cortesãos e os cidadãos. Leriano, como a situação o exigia, saiu a campo, encorajando os seus com palavras de estímulo, ficando sempre na retaguarda e enfrentando a multidão de inimigos com grande firmeza de ânimo. Para dignificar o recuo, foi administrando-o com menos pressa do que o caso pedia; e assim, perdendo alguns dos seus e matando muitos dos contrários, chegou aonde estavam os cavalos. Observadas as ordens que ele dera antes, sem sofrer derrota nem perigos, ele e os seus cavaleiros montaram — o que talvez não socorresse, se não se houvessem prevenido antes.

Estando, conforme dito, todos a cavalo, Leriano adiantou-se aos peões e tomou a direção de Susa, de onde viera. Como se aproximassem três batalhões do rei, mudando o ritmo, apressou um pouco o trote, com tamanho aprumo e ordem, que sua honra

recibir revés ni peligro cabalgaron él y todos sus caballeros, lo que por ventura no hiciera si antes no proveyera el remedio.

Puestos todos, como es dicho, a caballo, tomó delante los peones y siguió la vía de Susa, donde había partido. Y como se le acercaban tres batallas del rey, salido de paso apresuró algo el andar, con tal concierto y orden que ganaba tanta honra en el retraer como en el pelear. Iba siempre en los postreros, haciendo algunas vueltas cuando el tiempo las pedía, por entretener los contrarios, para llevar su batalla más sin congoja. En el fin, no habiendo sino dos leguas, como es dicho, hasta Susa, pudo llegar sin que ninguno suyo perdiese, cosa de gran maravilla, porque con cinco mil hombres de armas venía ya el rey envuelto con él, el cual, muy encendido de coraje, puso a la hora cerco sobre el lugar con propósito de no levantarse de allí hasta que de él tomase venganza.

Y viendo Leriano que el rey asentaba real, repartió su gente por estancias, según sabio guerrero: donde estaba el muro más flaco, ponía los más recios caballeros; donde había aparejo para dar en el real, ponía los más sueltos; donde veía más disposición para entrarle por traición o engaño, ponía los más fieles; en todo proveía como sabedor y en todo osaba como varón.

El rey, como aquel que pensaba llevar el hecho al fin, mandó fortalecer el real y proveyó en las provisiones. Y ordenadas todas las cosas que a la hueste cumplían, mandó

brilhava tanto na retirada quanto no combate. Estava sempre entre os da retaguarda, dando alguns giros, quando as circunstâncias exigiam, para reter os adversários e conduzir o combate sem lesões. Por fim, não havendo, como se disse, mais de duas léguas até Susa, conseguiu chegar sem perder nenhum dos seus – fato espantoso, pois o rei o atacava com cinco mil homens armados. Ferido nos brios, o rei mandou pôr cerco na cidade, decidido a não sair dali até vingar-se.

Vendo que o rei assentava sítio, Leriano, soldado experiente, espalhou seus homens em vários pontos; na parte mais fraca da muralha, dispôs os cavaleiros mais fortes; onde havia artefatos de ataque ao cerco, colocou os mais ágeis; onde via que podiam invadir mais facilmente por traição ou malícia, punha os mais confiáveis. Em tudo agia como arguto, e em tudo agia como homem forte.

Determinado a alcançar seu objetivo, mandou o rei reforçar o cerco e providenciou as provisões; dando todas as instruções pertinentes ao exército, ordenou que as tropas se aproximassem dos muros da cidade,

llegar las estancias cerca de la cerca de la villa, las cuales guarneció de muy buena gente, y pareciéndole, según le acuciaba la saña, gran tardanza esperar a tomar a Leriano por hambre, puesto que la villa fuese muy fuerte, acordó de combatirla, lo cual probó con tan bravo corazón que hubo el cercado bien menester el esfuerzo y la diligencia. Andaba sobresaliente con cien caballeros que para aquello tenía diputados: donde veía flaqueza se forzaba, donde veía corazón alababa, donde veía mal recaudo proveía.

Concluyendo, porque me alargo, el rey mandó apartar el combate con pérdida de mucha parte de sus caballeros, en especial de los mancebos cortesanos, que siempre buscan el peligro por gloria. Leriano fue herido en el rostro, y no menos perdió muchos hombres principales.

Pasado así este combate, diole el rey otros cinco en espacio de tres meses, de manera que le fallecían ya las dos partes de su gente, cuya razón hallaba dudoso su hecho, como quiera que en el rostro ni palabras ni obras nadie se lo conociese, porque en el corazón del caudillo se esfuerzan los acaudillados. Finalmente, como supo que otra vez ordenaban combatirle, por poner corazón a los que le quedaban, hízoles un habla en esta forma:

reforçando-as de gente bem treinada. Aguilhoado pela raiva, pareceu-lhe demasiado lento esperar abater Leriano pela fome, pois a cidade era bem defendida. Decidiu então atacá-la, o que fez com tal bravura, que o sitiado careceu de defender-se com grande esforço e diligência: estava à frente de cem cavaleiros que designara especialmente para esse fim; onde via sinal de fraqueza, levava estímulo; onde via coragem, elogiava; onde via brechas, providenciava reforço.

Concluindo para me não alongar: o rei mandou sustar o combate, com perda de muitos de seus cavaleiros, em especial dos jovens cortesãos, que saem em busca do perigo por amor à glória. Leriano feriu-se no rosto e também perdeu muitos de seus principais homens.

Depois desse primeiro ataque, repetiu o rei outros cinco, no espaço de três meses, de sorte que Leriano tinha perdido dois terços de sua gente, que já duvidava do acerto de seu gesto, apesar de ninguém deixar isso transparecer nem no rosto nem nas palavras nem nos gestos, pois na coragem do líder se encorajam os subordinados. Por fim, sabendo que ia ser de novo atacado, a fim de incutir coragem nos que lhe restavam, falou-lhes nestes termos:

Leriano a sus caballeros

Por cierto, caballeros, si como sois pocos en número no fueseis muchos en fortaleza, yo tendría alguna duda en nuestro hecho, según nuestra mala fortuna. Pero como sea más estimada la virtud que la muchedumbre, vista la vuestra, antes temo necesidad de ventura que de caballeros, y con esta consideración en solos vosotros tengo esperanza, pues es puesta en nuestras manos nuestra salud, tanto por sustentación de vida como por gloria de fama nos conviene pelear. Ahora se nos ofrece causa para dejar la bondad que heredamos a los que nos han de heredar, que malaventurados seríamos si por flaqueza en nosotros se acabase la heredad. Así pelead que libréis de vergüenza vuestra sangre y mi nombre. Hoy se acaba o se confirma nuestra honra. Sepámonos defender y no avergonzar, que mucho mayores son los galardones de las victorias que las ocasiones de los peligros. Esta vida penosa en que vivimos no sé por qué se deba mucho querer, que es breve en los días y larga en los trabajos, la cual ni por temor se acrecienta ni por osar se acorta, pues cuando nacemos se limita su tiempo, por donde es excusado el miedo y debida la osadía. No nos pudo nuestra fortuna poner en mejor estado que en esperanza de honrada muerte o gloriosa fama. Codicia de alabanza, avaricia de honra, acaban

Leriano a seus cavaleiros

Certamente, cavaleiros, dada nossa má sorte e considerando nosso pequeno número, eu duvidaria de nosso êxito, se não fôsseis muitos na coragem. Como o valor é melhor do que a quantidade, considerando o vosso, receio mais a falta de sorte do que a de cavaleiros: assim pensando, só em vós deposito minha esperança. Posto que em vossas mãos está a nossa salvação, temos de lutar, seja para garantir a vida seja para conquistar a glória do renome. Temos agora a oportunidade de deixar aos nossos herdeiros as boas qualidades que nos legaram, e desgraçados seríamos se, por fraqueza, deixássemos morrer essa herança. Combatei, pois, para livrar da vergonha vosso sangue e meu nome. Hoje acaba ou se afirma nossa honra; saibamos defender-nos e não nos envergonhar, que bem maiores são os prêmios das vitórias que as ocasiões de perigos. Não sei por que se deva querer tanto esta vida sofredora em que vivemos, pois ela é breve em seus dias e longa nas agruras; o medo não a amplia nem a ousadia a encurta, pois, quando nascemos, seu tempo já está delimitado, sendo portanto inútil o medo e a ousadia obrigatória. Não nos podia a sorte criar melhor situação do que a de dar-nos a esperança de uma morte honrosa ou de renome glorioso. A cobiça de abundância e a avareza

otros hechos mayores que el nuestro. No temamos las grandes compañas llegadas al real, que en las afrentas los menos pelean. A los simples espanta la multitud de los muchos y a los sabios esfuerza la virtud de los pocos. Grandes aparejos tenemos para osar: la bondad nos obliga, la justicia nos esfuerza, la necesidad nos apremia. No hay cosa por que debamos temer, y hay mil para que debamos morir. Todas las razones, caballeros leales, que os he dicho, eran excusadas para receros fortaleza, pues con ella nacisteis, mas quíselas hablar porque en todo tiempo el corazón se debe ocupar en nobleza, en el hecho con las manos, en la soledad con los pensamientos, en compañía con las palabras, como ahora hacemos, y no menos porque recibo igual gloria con la voluntad amorosa que mostráis como con los hechos fuertes que hacéis.

Y porque me parece, según se adereza el combate,
que somos constreñidos a dejar con las
obras las hablas, cada uno se
vaya a su
estancia.

de honra realizam feitos maiores que os nossos; não temamos as grandes batalhas contra este cerco régio, pois, nas afrontas, os em menor número lutam: aos ignorantes os grandes contingentes espantam, mas os instruídos se fortalecem com a coragem dos poucos. Temos grandes instrumentos para a ousadia: a bondade nos obriga, a justiça nos estimula, a necessidade nos constrange. Não existe nada que devamos recear, e mil razões para que morramos. Tudo que vos disse, leais cavaleiros, seria desnecessário para aumentar vossa coragem, pois já nascestes com ela; quis, porém, mencioná-lo, porque o espírito deve estar sempre voltado para a nobreza: nas ações, com as mãos; na solidão, com os pensamentos; em companhia, com as palavras, como o fazemos agora. E também porque me sinto igualmente honrado pela dedicação afetuosa que mostrais como pelos feitos difíceis que realizais.

E porque me parece, de acordo com a prática de combate, que somos forçados a trocar as palavras pelos atos, que cada um vá ocupar sua posição.

El autor

Con tanta constancia de ánimo
fue Leriano respondido de sus caballeros,
que se llamó dichoso por hallarse digno de ellos,
y porque estaba ya ordenado el combate fuese cada
uno a defender la parte que le cabía. Y poco después
que fueron llegados, tocaron en el real los atabales y
trompetas, y en pequeño espacio estaban juntos al
muro cincuenta mil hombres, los cuales con
mucho vigor comenzaron el hecho, donde
Leriano tuvo lugar de mostrar su virtud, y
según los de dentro defendían, creía el
rey que ninguno de ellos faltaba.

Duró el combate desde mediodía hasta la noche, que los despartió. Fueron heridos y muertos tres mil de los del real y tantos de los de Leriano que de todos los suyos no le habían quedado sino ciento cincuenta, y en su rostro, según esforzado, no mostraba haber perdido ninguno, y en su sentimiento, según amoroso, parecía que todos le habían salido del ánima.

Estuvo toda aquella noche enterrando los muertos y loando los vivos, no dando menos gloria a los que enterraba que a los que veía. Y otro día, en amaneciendo, al tiempo que se remudan las guardas, acordó que cincuenta de los

Tal foi o fervor de ânimo com que responderam seus cavaleiros, que Leriano se sentiu um felizardo por ser digno deles; como o combate já estava armado, cada um foi defender o ponto que lhe cabia; mal se posicionaram, soaram no cerco as trombetas e os tímbalos, e em poucos instantes estavam junto das muralhas cinquenta mil homens que, com grande ímpeto iniciaram o ataque. Leriano pôde exibir sua coragem e o rei, vendo como os de dentro se defendiam, sentia que nenhum deles esmorecia.

O combate durou do meio-dia à noite, que o interrompeu. Dos sitiantes foram feridos e mortos três mil, e tantos de Leriano que, de todos os seus, não lhe restaram senão cento e cinquenta; mas, seu rosto de intrépido não demonstrava a perda de nenhum, enquanto em seu sentimento, por afetuoso, parecia que todos lhe haviam sido arrancados da alma.

Passou aquela noite toda enterrando os mortos e elogiando os vivos, glorificando menos aos que sepultava do que aos que via. Ao amanhecer do dia seguinte, na troca dos sentinelas, determinou que cinquenta de

suyos diesen en una estancia que un pariente de Persio tenía cercana al muro, porque no pensase el rey que le faltaba corazón ni gente, lo cual se hizo con tan firme osadía que, quemada la estancia, mataron muchos de los defendedores de ella. Y como ya Dios tuviese por bien que la verdad de aquella pendencia se mostrase, fue preso en aquella vuelta uno de los réprobos que condenaron a Laureola, y puesto en poder de Leriano, mandó que todas las maneras de tormento fuesen obradas en él, hasta que dijese por qué levantó el testimonio, el cual sin apremio ninguno confesó todo el hecho como pasó. Y después que Leriano de la verdad se informó, enviole al rey, suplicándole que salvase a Laureola de culpa y que mandase ajusticiar aquel y a los otros que de tanto mal habían sido causa.

Lo cual el rey, sabido lo cierto, aceptó con alegre voluntad por la justa razón que para ello le requería. Y por no detenerme en las prolijidades que en este caso pasaron, de los tres falsos hombres se hizo tal la justicia como fue la maldad.

El cerco fue luego alzado, y el rey tuvo a su hija por libre y a Leriano por disculpado, y llegado a Suria, envió por Laureola a todos los grandes de su corte, la cual vino con igual honra de su

seus homens atacassem o alojamento que um parente de Pérsio tinha próximo da muralha, a fim de que o rei não supusesse que lhe faltava coragem ou gente; eles o fizeram com tal denodo que, incendiado o alojamento, mataram muitos dos que o defendiam. E como já fosse vontade de Deus que a verdade daquela pendência se revelasse, foi preso nessa ocasião um dos miseráveis que levaram Laureola à condenação. Entregue a Leriano, este ordenou que lhe aplicassem todo tipo de tormentos, até que dissesse por que levantara falso testemunho; mas ele, sem hesitar, confessou tudo que acontecera. Sabedor da verdade, Leriano remeteu-o ao rei, suplicando que isentasse Laureola de culpa e mandasse executar esse e os demais que eram responsáveis por tanto mal.

Ao saber da verdade, o rei aceitou de bom grado o que tão justamente lhe era requerido. E para me não prender nos detalhes deste caso: aplicou-se aos três falsários justiça igual à maldade praticada.

Suspendeu-se o cerco, o rei libertou a filha, desculpou a Leriano e, chegando a Súria, mandou todos os nobres da sua corte apanhar Laureola, e ela veio com a honra digna de seu merecimento. Foi recebida pelo rei e pela rainha com tanto

merecimiento. Fue recibida del rey y la reina con tanto amor y lágrimas de gozo como se derramaran de dolor. El rey se disculpaba, la reina la besaba, todos la servían, y así se entregaban con alegría presente de la pena pasada.

A Leriano mandole el rey que no entrase por entonces en la corte hasta que pacificase a él y a los parientes de Persio, lo que recibió a graveza porque no podría ver a Laureola, y no pudiendo hacer otra cosa, sintiolo en extraña manera. Y viéndose apartado de ella, dejadas las obras de guerra, volviose a las congojas enamoradas, y deseoso de saber en lo que Laureola estaba, rogome que le fuese a suplicar que diese alguna forma honesta para que la pudiese ver y hablar, que tanto deseaba Leriano guardar su honestidad que nunca pensó hablarla en parte donde sospecha en ella se pudiese tomar, de cuya razón él era merecedor de sus mercedes.

Yo, que con placer aceptaba sus mandamientos, partime para Suria, y llegado allá, después de besar las manos a Laureola supliquele lo que me dijo, a lo cual me respondió que en ninguna manera lo haría, por muchas causas que me dio para ello.

Pero no contento con decírselo aquella vez, todas las que veía se lo

amor e lágrimas de alegria como derramadas haviam sido de dor; o rei pedia perdão, a rainha a beijava, todos a serviam, e assim trocavam com a alegria presente o castigo passado.

Pediu o rei a Leriano que não viesse por enquanto à corte, até que as coisas serenassem entre ele e os parentes de Pérsio; isto abateu Leriano, pois não poderia ver Laureola e, incapaz de fazer outra coisa, ficou em estranho estado. Separado dela, não mais preocupado com os combates, entregou-se aos tormentos amorosos. Ansioso por saber como estava Laureola, insistiu para que eu lhe fosse suplicar arranjasse algum meio honesto dele poder vê-la e falar-lhe; ele, Leriano, desejava tanto preservar-lhe a honestidade, que jamais pensou falar-lhe em circunstâncias que de algum modo a colocassem sob suspeita: assim sendo, era merecedor de seus favores.

Eu, que aceitava prazerosamente suas ordens, parti para Súria e lá chegando, depois de beijar as mãos de Laureola, supliquei-lhe o que me fora pedido. Respondeu-me ela que de modo algum o faria, pelas muitas razões que para essa negativa me deu.

Não satisfeito de rogar-lhe dessa feita, em todas as vezes que a via, tornava a suplicar-lhe; resultado: respondeu-me

suplicaba. Concluyendo, respondiome al cabo que si más en aquello le hablaba, que causaría que se desmesurase contra mí.

Pues visto su enojo y responder, fui a Leriano con grave tristeza, y cuando le dije que de nuevo se comenzaban sus desaventuras, sin duda estuvo en condición de desesperar. Lo cual yo viendo, por entretenerle díjele que escribiese a Laureola, acordándole lo que hizo por ella y extrañándole su mudanza en la merced que en escribirle le comenzó a hacer.

Respondiome que había acordado bien, mas que no tenía que acordarle lo que había hecho por ella, pues no era nada, según lo que merecía, y también porque era de hombres bajos repetir lo hecho. Y no menos me dijo que ninguna memoria le haría del galardón recibido, porque se defiende en la ley enamorada escribir qué satisfacción se recibe, por el peligro que se puede recrecer si la carta es vista. Así que, sin tocar en esto, escribió a Laureola las siguientes razones:

> categórica que, se eu continuasse insistindo sobre isso, acabaria excendendo-se contra mim.
>
> Face a seu aborrecimento em responder, voltei contrariadíssimo a Leriano, e quando lhe disse que suas desventuras iam continuar, ele de fato quase desesperou. Diante disso e para distraí-lo, disse-lhe que escrevesse a Laureola, lembrando o que fizera por ela e estranhando-lhe a mudança do comportamento amistoso que lhe votara ao escrever a ele.

Redarguiu-me que era certo o que eu propunha, mas que não haveria de dizer o que fizera por ela, pois não representava nada face ao que ela merecia, e também porque era próprio dos mesquinhos referir os próprios feitos. Nem deixou de acrescentar que sequer mencionaria o favor recebido, porquanto, pelo código dos enamorados, proibe-se escrever sobre as satisfações recebidas, dado o perigo que se corre se a carta é vista por alguém. Assim, sem tocar nesses assuntos, escreveu o seguinte a Laureola:

Carta de Leriano a Laureola

Laureola:

según tu virtuosa piedad, pues sabes mi pasión, no puedo creer que sin alguna causa la consientas, pues no te pido cosa a tu honra fea ni a ti grave. Si quieres mi mal, ¿por qué lo dudas? A sinrazón muero, sabiendo tú que la pena grande así ocupa el corazón, que se puede sentir y no mostrar. Si lo has por bien pensado que me satisfaces con la pasión que me das, porque dándola tú, es el mayor bien que puedo esperar, justamente lo harías si la dieses a fin de galardón. Pero, ¡desdichado yo!, que la causa tu hermosura y no hace la merced tu voluntad. Si lo consientes, juzgándome desagradecido porque no me contento con el bien que me hiciste en darme causa de tan ufano pensamiento, no me culpes, que, aunque la voluntad se satisface, el sentimiento se querella. Si te place porque nunca te hice servicio, no pude subir los servicios a la alteza de lo que mereces. Cuando todas estas cosas y otras muchas pienso, hállome que dejas de hacer lo que te suplico porque me puse en cosa que no pude merecer, lo cual yo no niego, pero atrevime a ello pensando que me harías merced, no según quien la pedía, mas según tú, que la habías de dar. Y también pensé que para ello me

Carta de Leriano a Laureola

Laureola:

Sabes de minha angústia e, dada tua virtuosa piedade, não posso crer que a exacerbes sem algum motivo, pois não te peço nada que ofenda tua honra ou que te comprometa. Se queres meu mal, por que hesitas? Morro alienado, pois sabes tu que a dor ingente invade de tal sorte o coração, que a gente pode senti-la mas não mostrá-la. Se tens consciência de que me dás satisfação com a angústia que me provocas — uma vez que, dada por ti, é o maior bem que posso esperar —, agirias com justiça se a provocasses visando premiar-me. Mas, desgraçado de mim! O que a provoca é tua formosura, nenhum favor fazendo tua vontade. Se consentes isso, julgando-me ingrato por me não contentar com o bem que me fizeste, dando-me motivo para pensamento tão glorioso, não me culpes, pois, ainda que a vontade fique satisfeita, o sentimento reclama. Se te agrada porque nunca te prestei serviços, é que não consegui realizar feitos à altura de teu merecimento. Quando penso nestas e muitas outras coisas, acabo achando que deixas de fazer o que te rogo porque almejei o que não posso receber. Não o nego, mas atrevi-me a isso, julgando que me concederias tal graça não à minha maneira, mas conforme teu modo de ser. Pensei também que

ayudaran virtud, compasión y piedad, porque son aceptas a tu condición, que cuando los que con los poderosos negocian para alcanzar su gracia, primero ganan las voluntades de sus familiares. Y paréceme que en nada halle remedio. Busqué ayudadores para contigo y hallelos, por cierto, leales y firmes, y todos te suplican que me hayas merced: el alma por lo que sufre, la vida por lo que padece, el corazón por lo que pasa, el sentido por lo que siente. Pues no niegues galardón a tantos que con ansia te lo piden y con razón te lo merecen. Yo soy el más sin ventura de los más desaventurados. Las aguas reverdecen la tierra y mis lágrimas nunca tu esperanza, la cual cabe en los campos y en las hierbas y árboles, y no puede caber en tu corazón. Desesperado habría, según lo que siento, si alguna vez me hallase solo. Pero como siempre me acompañan el pensamiento que me das, el deseo que me ordenas y la contemplación que me causas, viendo que lo voy a hacer, consuélanme acordándome que me tienen compañía de tu parte. De manera que quien causa las desesperaciones me tiene que no desespere. Si todavía te place que muera, házmelo saber, que gran bien harás a la vida, pues no será desdichada del todo: lo primero de ella se pasó en inocencia y lo del conocimiento en dolor. A lo menos el fin será en descanso, porque tú lo das, el cual, si ver no me quieres, será forzado que veas.

nisso me ajudariam a virtude, a compaixão e a piedade, consentâneas com teu caráter: quando se negocia com poderosos, para lograr-lhes os favores, procura-se primeiro ganhar a simpatia de seus familiares — parece que nem quanto a isso tive sorte. Busquei quem me ajudasse junto a ti, e achei-os por certo leais e firmes, suplicando-te todos que me sejas favorável: a alma, pelo que sofre; a vida, pelo que padece; o coração, pelo que passa; o sentimento, pelo que sente. Não recuses reconhecimento a tantos que com ansiedade te rogam e com justiça o merecem de ti. Sou o mais desventurado entre os desventurados: as águas reverdescem a terra, mas minhas lágrimas jamais reverdescem tua esperança, esperança que toma os campos, as ervas e as árvores, mas não consegue ocupar teu coração. Pelo que sinto, estaria desesperado se me visse em algum momento sozinho; todavia, como sempre me acompanham o pensamento que me dás, o desejo que me mandas e o devaneio que em mim despertas, quando sinto que me vou desesperar, consolo-me dizendo que me são mandados por ti — de modo que quem me causa o desespero, ao mesmo tempo faz com que me não desespere. Entretanto, se mesmo assim te agrada que eu morra, deixa-me sabê-lo, pois farás um grande bem à minha vida, impedindo-a de ser interiramente desgraçada. O princípio dela transcorreu na inocência, e o tempo do conhecimento em dor; pelo menos o fim será em descanso, porque será dado por ti, e se a mim não queres ver, forçoso será que vejas a ele.

El autor

Con mucha pena
recibió Laureola la carta de Leriano,
y por despedirse de él honestamente
respondiole de esta manera,
con determinación de
jamás recibir embajada suya:

O autor

Com grande dó
recebeu Laureola a carta de Leriano,
e para despedir-se dele honestamente, respondeu-lhe
com a determinação de
nunca mais receber emissário seu,
nestes termos:

Carta de Laureola a Leriano

El pesar que tengo de tus males te sería satisfacción de ellos mismos, si creyeses cuanto es grande, y él sólo tomarías por galardón, sin que otro pidieses, aunque fuese poca paga, según lo que me tienes merecido, la cual yo te daría, como debo, si la quisieses de mi hacienda y no de mi honra. No responderé a todas las cosas de tu carta, porque en saber que te escribo me huye la sangre del corazón y la razón del juicio.

Ninguna causa de las que dices me hace consentir tu mal, sino sola mi bondad, porque cierto no estoy dudosa de él, porque el estrecho a que llegaste fue testigo de lo que sufriste. Dices que nunca me hiciste servicio: lo que por mí has hecho me obliga a nunca olvidarlo y siempre desear satisfacerlo, no según tu deseo, mas según mi honestidad. La virtud, piedad y compasión que pensaste que te ayudarían para conmigo, aunque son aceptas a mi condición, para en tu caso son enemigos de mi fama, y por esto las hallaste contrarias. Cuando estaba presa salvaste mi vida y ahora que estoy libre

Carta de Laureola a Leriano

A pena que sinto de teus sofrimentos seria o bastante para que te consolasses deles, se acreditasses quão grande ela é, e a tomarias como único prêmio sem nenhum mais reivindicares, ainda que fosse pequena recompensa diante do que mereces. E essa recompensa eu te daria como obrigação minha, se a quisesses de meus bens e não de minha honra. Não responderei a todos os tópicos de tua carta porque, só de pensar que te escrevo, foge-me o sangue do coração e o senso do juízo.

Nada do que me dizes me torna responsável por teus males, a não ser unicamente minha bondade; é verdade que não duvido deles, pois o extremo a que chegaste é prova do quanto sofreste. Dizes que nunca me prestaste serviço: o que por mim fizeste me obriga a jamais esquecê-lo e desejar sempre recompensá-lo, não conforme teu desejo, mas segundo minha honestidade. A virtude, a piedade e a compaixão que julgaste te ajudariam junto a mim — embora inerentes ao meu caráter — neste teu caso são inimigas de meu renome, daí porque se mostram contra ti. Quando eu estava presa, salvaste minha vida, e agora que

quieres condenarla. Pues tanto me quieres, antes deberías querer tu pena con mi honra que tu remedio con mi culpa. No creas que tan sanamente viven las gentes, que sabido que te hablé, juzgasen nuestras limpias intenciones, porque tenemos tiempo tan malo que antes se afea la bondad que se alaba la virtud. Así que es excusada tu demanda, porque ninguna esperanza hallarás en ella, aunque la muerte que dices te viese recibir, habiendo por mejor la crueldad honesta que la piedad culpada. Dirás, oyendo tal desesperanza, que soy movible, porque te comencé a hacer merced en escribirte y ahora determino de no remediarte. Bien sabes tú cuán sanamente lo hice, y puesto que en ello hubiera otra cosa, tan convenible es la mudanza en las cosas dañosas como la firmeza en las honestas. Mucho te ruego que te esfuerces como fuerte y te remedies como discreto.

No pongas en peligro tu vida y en disputa mi honra, pues tanto la deseas, que se dirá, muriendo tú, que galardono los servicios quitando las vidas; lo que, si al rey venzo de días, se dirá al revés. Tendrás en el reino toda la parte que quisieres, creceré tu honra, doblaré tu renta, subiré tu estado, ninguna cosa ordenarás que revocada te sea. Así que viviendo

estou livre queres condená-la. Se me amas tanto assim, deverias antes desejar teu sofrimento a par de minha honra, do que teu alívio a custo de minha culpa. Não creias que as pessoas vivam tão saudavelmente que, sabendo que nos encontramos, julguem puras nossas intenções, pois, atravessamos período tão ruim que, ao invés de elogiar-se a virtude, denigre-se a bondade. Portanto, é inócuo teu pedido; não alimentes esperança alguma nele, mesmo que, como dizes, venha acolher-te a morte: é melhor a crueldade honesta do que a piedade culposa. Em ouvindo esta desilusão, dirás que sou volúvel, porque comecei agraciando-te ao escrever-te, e agora decido não te aliviar. Sabes perfeitamente com que pureza agi; e mesmo que tivesse havido outra intenção, é tão conveniente a mudança nas coisas prejudiciais como a firmeza nas honestas. Rogo-te muito que te comportes como um valente e te consoles prudentemente.

Não ponhas em perigo tua vida e em risco minha honra, pois, tão ardentemente a desejas que, se morres, dirão que retribuo aos serviços recebidos tirando as vidas — e se há alguns dias venci o rei, agora se dirá o contrário. Terás neste reino tudo o que quiseres: aumentarei tua honra, dobrarei tuas rendas, elevarei tua nobreza; nada ordenarás que venha a ser revogado. Dessa forma, permanecendo

causarás que me juzguen agradecida, y muriendo que me tengan por mal acondicionada. Aunque por otra cosa no te esforzases sino por el cuidado que tu pena me da, lo deberías hacer. No quiero más decirte porque no digas que me pides esperanza y te doy consejo. Pluguiera a Dios que fuera tu demanda justa, porque vieras que como te aconsejo en lo uno te satisficiera en lo otro. Y así acabo para siempre de más responderte ni oírte.

vivo, farás com que me julguem agradecida, e se morreres, ter-me-ão em conta de ingrata. Mesmo que te empenhasses por nenhum outro motivo a não ser o zelo que tenho por teu sofrimento, deverias fazê-lo. Nada mais quero falar-te para que não venhas a dizer que me pedes esperança e te dou conselhos. Prouvera a Deus fosse justa tua reivindicação para que visses que de um lado te aconselho e do outro te satisfaço. E dou por definitivamente encerrado: não mais te responderei nem te ouvirei.

El autor

Cuando Laureola hubo escrito, díjome con propósito determinado que aquella fuese la postrimera vez que apareciese en su presencia, porque ya de mis pláticas andaba mucha sospecha y porque en mis idas había más peligro para ella que esperanza para mi despacho.

Pues vista su determinada voluntad, pareciéndome que de mi trabajo sacaba pena para mí y no remedio para Leriano, despedime de ella con más lágrimas que palabras, y después de besarle las manos salime de palacio con un nudo en la garganta, que pensé ahogarme por encubrir la pasión que sacaba. Y salido de la ciudad, como me vi solo, tan fuertemente comencé a llorar que de dar voces no me podía contener. Por cierto, yo tuviera por mejor quedar muerto en Macedonia que venir vivo a Castilla, lo que deseaba con razón, pues la mala ventura se acaba con la muerte y se acrecienta con la vida.

Nunca por todo el camino suspiros y gemidos me fallecieron, y cuando llegué a Leriano dile la carta, y como acabó de leerla, díjele que ni se esforzase, ni se alegrase, ni recibiese consuelo, pues tanta razón había para que debiese morir, el cual me respondió que más que

O autor

Terminando de escrever, disse-me Laureola com determinação fosse aquela a última vez que eu aparecia diante dela, pois minhas visitas já levantavam muitas suspeitas, e traziam mais riscos a ela do que esperança para minha missão.

Face a sua vontade irredutível e parecendo-me que minha participação redundava antes em castigo para mim do que em alívio a Leriano, despedi-me dela mais com lágrimas do que com palavras e, depois de beijar-lhe as mãos, saí do palácio com um nó na garganta, que me deu a impressão de sufocar-me, na ânsia de encobrir minha angústia. Vendo-me sozinho fora da cidade, pus-me a chorar tão copiosamente, que não pude deixar de gemer: fora-me melhor por certo cair morto na Macedônia do que voltar vivo a Castela; e com fundamento desejava isso porque a desgraça finda com a morte e aumenta com a vida.

Suspiros e gemidos acompanharam-me sem fim por todo o trajeto. Chegando a Leriano, dei-lhe a carta. Quando acabou de ler, disse-lhe que não se abatesse nem se alegrasse nem buscasse consolo, pois sobravam motivos para que morresse. Ele retrucou-me que mais do que nunca

hasta allí me tenía por suyo, porque le aconsejaba lo propio. Y con voz y color mortal comenzó a condolerse.

Ni culpaba su flaqueza, ni avergonzaba su desfallecimiento: todo lo que podía acabar su vida alababa, mostrábase amigo de los dolores, recreaba con los tormentos, amaba las tristezas: aquellos llamaba sus bienes por ser mensajeros de Laureola. Y por que fuesen tratados según de cuya parte venían, aposentolos en el corazón, festejolos con el sentimiento, convidolos con la memoria, rogábales que acabasen presto lo que venían a hacer, por que Laureola fuese servida.

Y desconfiado ya de ningún bien ni esperanza, aquejado de mortales males, no pudiendo sostenerse ni sufrirse, hubo de venir a la cama, donde ni quiso comer ni beber, ni ayudarse de cosa de las que sustentan la vida, llamándose siempre bienaventurado porque era venido a sazón de hacer servicio a Laureola quitándola de enojos.

Pues como por la corte y todo el reino se publicase que Leriano se dejaba morir, íbanle a ver todos sus amigos y parientes, y para desviarle su propósito decíanle todas las cosas en que pensaban provecho. Y como aquella enfermedad se había de curar con sabias razones, cada uno aguzaba el seso lo mejor que podía. Y como un caballero llamado Tefeo fuese grande amigo de Leriano, viendo que su mal era de enamorada pasión, puesto que quién la causaba él ni nadie lo sabía, díjole

me apreciava pelos conselhos que lhe dava, e com voz e cor mortais começou a lamentar-se.

Não culpava sua fraqueza nem se envergonhava de seu desmaio; elogiava a tudo que pudesse pôr fim a sua vida; mostrava-se amigo das agruras, distraía-se com os tormentos, amava as tristezas; aos primeiros chamava seus bens, por serem mensageiros de Laureola, e para tratá-los à altura de onde provinham, acolheu-os no coração, festejou-os com os sentimentos, cortejou-os com a memória, rogando-lhes terminassem logo o que tinham vindo fazer, para que Laureola fosse atendida.

Desacreditando já de qualquer bem e esperança, aguilhoado por males mortíferos, incapaz de manter-se e continuar sofrendo, teve de acamar-se, sem querer comer nem beber nem servir-se de nada que desse sustento à vida, dizendo-se bem-aventurado porque tinha a oportunidade de prestar serviço a Laureola, poupando-a de aborrecimento.

Espalhando-se pela corte e pelo reino que Leriano entregava-se à morte, vinham visitá-lo todos seus amigos e parentes que, para demovê-lo de seu propósito, diziam-lhe quanto lhes parecia proveitoso: como essa enfermidade havia de curar-se com sábios conselhos, cada um aguçava a inteligência o melhor que podia. Certo cavaleiro chamado Tefeu, amicíssimo de Leriano, ciente de que seu mal era fruto de paixão amorosa (nem ele nem ninguém sabendo quem lho causava), falou-lhe incontáveis

infinitos males de las mujeres, y para favorecer su habla trajo todas las razones que en difamación de ellas pudo pensar, creyendo por allí restituírle la vida.

Lo cual oyendo Leriano,
acordándose que era mujer Laureola,
afeó mucho a Tefeo porque en tal cosa hablaba.
Y puesto que su disposición no le consintiese
mucho hablar, esforzando la lengua
con la pasión de la saña,
comenzó a contradecirle
en esta manera:

impropérios contra as mulheres, aduzindo em reforço de suas palavras todos os argumentos que para difamá-las pôde engendrar, acreditando desse modo restituir-lhe a vida.

Ouvindo isso,
e dada a condição feminina de Laureola,
insurgiu-se Laureano veementemente contra
Tefeu pelo que falava e, embora sua disposição
não lhe facultasse falar muito, dando
força à língua pelo ímpeto da
raiva, pôs-se a contraditá-lo
nestes termos:

Leriano contra Tefeo y todos los que dicen mal de mujeres

Tefeo:

para que recibieras la pena que merece tu culpa, hombre que te tuviera menos amor te había de contradecir, que las razones mías más te serán en ejemplo para que calles que castigo para que penes. En lo cual sigo la condición de verdadera amistad, porque pudiera ser, si yo no te mostrara por vivas causas tu cargo, que en cualquiera plaza te deslenguaras, como aquí has hecho. Así que te será más provechoso enmendarte por mi contradicción que avergonzarte por tu perseveranza.

El fin de tu habla fue según amigo, que bien noté que la dijiste porque aborreciese la que me tiene cual ves, diciendo mal de todas mujeres, y como quiera que tu intención no fue por remediarme, por la vía que me causaste remedio, tú por cierto me lo has dado, porque tanto me lastimaste con tus feas palabras, por ser mujer quien me pena, que de pasión de haberte oído viviré menos de lo que creía. En lo cual señalado bien recibí, que pena tan lastimada mejor es acabarla presto que sostenerla más. Así que

Leriano contra Tefeu e contra todos os que maldizem as mulheres

Tefeu,

para que recebesses o castigo que tua culpa merece, fora preciso pessoa que te dedicasse menos afeto e te contradissesse; minhas palavras serão mais uma admoestação para que silencies, do que uma punição para que sofras. Assim agindo, obedeço à verdadeira amizade, pois, se eu não te apontar em cores vivas tua culpa, poderá ocorrer que em alguma praça pública soltes a língua como aqui fizeste; dessa forma te será mais proveitoso corrigir-te graças à minha contra-argumentação, do que passares vergonha pela tua reincidência.

O que disseste é fruto de tua amizade, pois bem vi que falaste mal de todas as mulheres, com o fito de incomodar aquela que me deixou neste estado; e embora tua intenção de consolar-me não se realizasse pela razão que imaginavas, sem dúvida atingiste o objetivo, porque me magoaste tanto com tuas más palavras, por ser mulher quem me castiga que, agoniado por te ter ouvido, viverei menos do que pensava. Sendo assim, recebi um bem muito significativo, porquanto a castigo

me trajiste alivio para el padecer y dulce descanso para el acabar, porque las postrimeras palabras mías sean en alabanza de las mujeres, porque crea mi fe la que tuvo merecer para causarla y no voluntad para satisfacerla.

Y dando comienzo a la intención tomada, quiero mostrar quince causas por que yerran los que en esta nación ponen lengua, y veinte razones por que les somos los hombres obligados, y diversos ejemplos de su bondad.

Y cuanto a lo primero, que es proceder por las causas que hacen yerro los que mal las tratan, fundo la primera por tal razón: todas las cosas hechas por la mano de Dios son buenas necesariamente, que según el obrador han de ser las obras: pues siendo las mujeres sus criaturas, no solamente a ellas ofende quien las afea, mas blasfema de las obras del mismo Dios.

La segunda causa es porque delante de él y de los hombres no hay pecado más abominable ni más grave de perdonar que el desconocimiento, ¿pues cuál lo puede ser mayor que desconocer el bien que por Nuestra Señora nos vino y nos viene? Ella nos libró de pena y nos hizo merecer la gloria, ella nos salva, ella nos sostiene, ella nos defiende, ella nos guía, ella nos alumbra: por ella, que fue mujer, merecen todas las otras corona de alabanza.

tão lamentado, melhor acabar logo ao invés de prolongar-se. Trouxeste-me alívio ao sofrimento e suave descanso para acabar com o castigo. Sejam minhas derradeiras palavras em louvor das mulheres para que creia na minha fidelidade quem teve o mérito de provocá-la, mas não vontade para satisfazê-la.

Dando início a meu propósito, quero apresentar quinze razões por que nesta terra erram os que falam mal das mulheres, e vinte pelas quais nós homens a elas devemos reconhecimento, além de diversos exemplos sobre a bondade delas.

> Fundamento a primeira razão que é a daqueles que erram porque as tratam mal. Todas as coisas feitas pela mão de Deus são necessariamente boas, pois as obras são tais quais quem as pratica: sendo as mulheres criaturas de Deus, não somente as ofende quem as maldiz, como blasfema contra as obras do próprio Deus.

A segunda razão é que diante de Deus e dos homens não existe pecado mais abominável nem de mais difícil perdão do que a ignorância, pois, o que pode ser pior do que desconhecer o bem que nos vem de Nossa Senhora? Ela nos livrou do castigo e fez-nos merecer a glória; ela nos salva, sustenta-nos, protege-nos, guia-nos, ilumina-nos; por ter sido mulher, merecem louvor todas as demais.

La tercera es porque a todo hombre es defendido según virtud, mostrarse fuerte contra lo flaco, que si por ventura los que con ellas se deslenguan pensasen recibir contradicción de manos, podría ser que tuviesen menos libertad en la lengua.

La cuarta es porque no puede ninguno decir mal de ellas sin que a sí mismo se deshonre, porque fue criado y traído en entrañas de mujer y es de su misma sustancia, y después de esto por el acatamiento y reverencia que a las madres deben los hijos.

La quinta es por la desobediencia de Dios, que dijo por su boca que el padre y la madre fuesen honrados y acatados, de cuya causa los que en las otras tocan merecen pena.

La sexta es porque todo noble es obligado a ocuparse en actos virtuosos, así en los hechos como en las hablas, pues si las palabras torpes ensucian la limpieza, muy a peligro de infamia tienen la honra de los que en tales pláticas gastan su vida.

La séptima es porque cuando se estableció la caballería, entre las otras cosas que era tenido a guardar el que se armaba caballero era una que a las mujeres guardase toda reverencia y honestidad, por donde se conoce que quiebra la ley de nobleza quien usa el contrario de ella.

A terceira é porque a todo homem proibe-se, pela virtude, mostrar-se forte contra o fraco; se acaso os que desandam a falar mal delas temessem receber revides físicos, é possível que tivessem menos solta a língua.

A quarta é porque ninguém pode falar mal delas sem desonrar-se a si mesmo, pois foi criado e trazido nas entranhas de mulher, sendo de sua mesma substância, e por consequência, devem os filhos acato e reverência às mães.

A quinta é pela desobediência a Deus, que por sua boca disse fossem pai e mãe respeitados e obedecidos — assim sendo, os que agridem as demais mulheres merecem castigo.

A sexta resulta de que todo nobre é obrigado a comportar-se virtuosamente, tanto em atos como na fala, e se as palavras torpes comprometem a pureza, em grande risco de infâmia põem sua honra aqueles que gastam a vida em tais práticas.

A sétima é porque quando se estabeleceu a ordem de cavalaria, entre as coisas que devia observar aquele que se armava cavaleiro, havia a de que reverenciasse e respeitasse as mulheres; daí se vê que fere a lei da nobreza quem age contra as mulheres.

La octava es por quitar de peligro la honra: los antiguos nobles tanto adelgazaban las cosas de bondad y en tanto la tenían que no habían mayor miedo de cosa que de memoria culpada: lo que no me parece que guardan los que anteponen la fealdad de la virtud, poniendo mácula con su lengua en su fama, que cualquiera se juzga lo que es en lo que habla.

La novena y muy principal es por la condenación del alma: todas las cosas tomadas se pueden satisfacer, y la fama robada tiene dudosa la satisfacción, lo que más cumplidamente determina nuestra fe.

La decena es por excusar enemistad: los que en ofensa de las mujeres despenden el tiempo, hácense enemigos de ellas y no menos de los virtuosos, que como la virtud y la desmesura diferencian en propiedad, no pueden estar sin enemiga.

La oncena es por los daños que de tal acto malicioso se recrecía, que como las palabras tienen licencia de llegar a los oídos rudos tan bien como a los discretos, oyendo los que poco alcanzan las fealdades dichas de las mujeres, arrepentidos de haberse casado, danles mala vida o vanse de ellas, o por ventura las matan.

A oitava é em razão de se preservar de perigo a honra. A tal ponto os nobres antigos valorizavam as boas ações, que nada temiam mais do que ter a sua memória incriminada: não me parece que pensem assim os que dão preferência à contaminação da virtude, conspurcando seu renome com a língua, pois pela sua fala se conhece o indivíduo.

A nona e principalíssima é pela condenação da alma. Todas as coisas tomadas podem ser devolvidas, mas a honra roubada dificilmente se recupera — o que mais convictamente determina nossa fé.

A décima é para que se evitem inimizades. Os que gastam o tempo ofendendo as mulheres, tornam-se inimigos delas e também das pessoas virtuosas, pois, como a virtude e o desmando divergem entre si, não podem conviver sem inimizade.

A undécima é devida aos prejuízos que dessa atitude maldosa resultam, pois, assim como as palavras têm a liberdade de chegar tanto aos ouvidos ignaros quanto aos prudentes, escutando os menos capazes de entendimento as coisas feias ditas contra as mulheres, arrependem-se do casamento, maltratam-nas ou as abandonam, se acaso as não matam.

La docena es por las murmuraciones que mucho se deben temer, siendo un hombre infamado por difamador en las plazas, en las casas y en los campos, y dondequiera es retratado su vicio.

La trecena es por razón del peligro, que cuando los maldicientes que son habidos por tales, tan odiosos son a todos, que cualquiera les es más contrario, y algunas por satisfacer a sus amigas, puesto que ellas no lo pidan ni lo quieran, ponen las manos en los que en todas ponen la lengua.

La catorcena es por la hermosura que tienen, la cual es de tanta excelencia que, aunque cupiesen en ellas todas las cosas que los deslenguados les ponen, más hay en una que loar con verdad que no en todas que afear con malicia.

La quincena es por las grandes cosas de que han sido causa: de ellas nacieron hombres virtuosos que hicieron hazañas de digna alabanza; de ellas procedieron sabios que alcanzaron a conocer qué cosa era Dios, en cuya fe somos salvos; de ellas vinieron los inventivos que hicieron ciudades, fuerzas y edificios de perpetua

A duodécima é porque se deve ter grande receio dos murmúrios, podendo um homem ser acusado de difamador nas praças, nos lares, nos campos e em toda parte onde se descrevem seus vícios.

A décima terceira é em razão dos perigos que correm, pois, quando os maledicentes são tidos como tais, tão odiosos se tornam de todos, que qualquer um é seu adversário; e alguns, para satisfazer suas amigas, ainda que estas não lho peçam nem queiram isso, sentam a mão naqueles que contra todas as mulheres soltam a língua.

A décima quarta é por causa da beleza delas, a qual é de tal excelência que, tivessem elas embora todos os defeitos que lhes apontam os desbocados, numa só delas existe o suficiente para com justiça se louvar do que em todas algo que a malícia possa denegrir.

A décima quinta decorre das grandes coisas de que elas foram causa; delas nasceram homens virtuosos, que praticaram feitos dignos de louvor; delas foram originados sábios que chegaram a conhecer quem é Deus, em cuja fé nos salvamos; delas vieram os gênios criativos que construíram cidades,

excelencia; por ellas hubo tan sutiles varones que buscaron todas las cosas necesarias para sustentación del linaje humanal.

fortalezas e edifícios de eterna excelência; por elas surgiram varões tão elevados que conseguiram todas as coisas necessárias para a sobrevivência da raça humana.

Da Leriano veinte razones por qué los hombres son obligados a las mujeres

Tefeo:
pues has oído
las causas por que
sois culpados tú y todos
los que opinión tan errada seguís,
dejada toda prolijidad, oye veinte razones
por donde me proferí a probar que los hombres
a las mujeres
somos
obligados.

De las cuales la primera es porque a los simples y rudos disponen para alcanzar la virtud de la prudencia, y no solamente a los torpes hacen discretos, mas a los mismos discretos más sutiles, porque si de la enamorada pasión se cautivan, tanto estudian su libertad, que avivando con el dolor el saber, dicen razones tan dulces y tan concertadas que alguna vez de compasión que les han se libran de ella. Y los simples, de su natural inocentes, cuando en amar se ponen entran con rudeza y hallan el estudio del sentimiento tan agudo que diversas veces salen sabios, de manera que suplen las mujeres lo que naturaleza en ellos faltó.

Leriano apresenta vinte motivos pelos quais os homens são devedores das mulheres

Já que ouviste, Tefeu, as razões pelas quais sois culpados, tu e quantos seguem opinião tão errada, deixando de lado toda prolixidade, ouve vinte motivos pelos quais me atrevo a provar que nós homens somos devedores às mulheres.

O primeiro deles é porque elas ajudam os simples e rudes a alcançar a virtude da prudência, e não apenas aos desabusados tornam mais sensatos, como aos próprios sensatos tornam mais sutis, pois, se caem cativos da paixão do amor, tanto buscam dela libertar-se que, estimulando o conhecimento com a dor, falam coisas tão doces e tão ponderadas que, às vezes, pela compaixão que lhes votam, dela se libertam. E as pessoas simples, naturalmente ingênuas, quando se apaixonam, começam com rudeza, mas acabam achando o estudo dos sentimentos tão estimulante, que não raro saem

La segunda razón es porque de la virtud de la justicia tan bien nos hacen suficientes que los penados de amor, aunque desigual tormento reciben, hanlo por descanso, justificándose porque justamente padecen. Y no por sola esta causa nos hacen gozar de esta virtud, mas por otra tan natural: los firmes enamorados, para abonarse con las que sirven, buscan todas las formas que pueden, de cuyo deseo viven justificadamente sin exceder en cosa de toda igualdad por no infamarse de malas costumbres.

La tercera, porque de la templanza nos hacen dignos, que por no serles aborrecibles, para venir a ser desamados, somos templados en el comer, en el beber y en todas las otras cosas que andan con esta virtud. Somos templados en el habla, somos templados en la mesura, somos templados en las obras, sin que un punto salgamos de la honestidad.

La cuarta es porque al que fallece fortaleza se la dan, y al que la tiene se la acrecientan: hácennos fuertes para sufrir, causan osadía para cometer, ponen corazón para esperar. Cuando a los amantes se les ofrece peligro se les apareja la gloria, tienen las afrentas por

experientes de sorte que as mulheres suprem neles o que a natureza lhes não deu.

O segundo motivo é porque também nos abastecem da virtude da justiça, pois os vitimados do amor, embora padeçam tormento desigual, encaram-no como descanso, justificando-se porque padecem com justiça; e não é só por isso que elas nos premiam com essa virtude, mas por outra razão igualmente natural: os fortemente enamorados, para ganhar crédito junto de suas amadas, valem-se de todos os recursos, e nesse empenho vivem de modo justo, sem exceder-se em nada, a fim de não comprometerem seu renome com atos maus.

O terceiro é porque nos dignificam com a moderação, pois, para não aborrecê-las e ser delas desamados, somos sóbrios no comer, no beber e em tudo o mais que se regra pela virtude da temperança. Somos moderados no falar, somos moderados na compostura, somos moderados no agir, sem nos afastar um centímetro do que é honesto.

O quarto é porque a quem falta força, elas a facultam, e a quem a tem, acrescentam-na; fazem-nos fortes no sofrimento, estimulam a ousadia para os enfrentamentos, incrementam a constância da esperança. Quando os amantes enfrentam perigos, a glória se lhes exibe;

vicio, estiman más la alabanza de la amiga que el precio del largo vivir. Por ellas se comienzan y acaban hechos muy hazañosos, ponen la fortaleza en el estado que merece. Si les somos obligados, aquí se puede juzgar.

La quinta razón es porque no menos nos dotan de las virtudes teologales que de las cardinales dichas. Y tratando de la primera, que es la fe, aunque algunos en ella dudasen, siendo puestos en pensamiento enamorado creerían en Dios y alabarían su poder, porque pudo hacer a aquella que de tanta excelencia y hermosura les parece. Junto con esto los amadores tanto acostumbran y sostienen la fe, que de usarla en el corazón conocen y creen con más firmeza la de Dios. Y porque no sea sabido de quien los pena que son malos cristianos, que es una mala señal en el hombre, son tan devotos católicos, que ningún apóstol les hizo ventaja.

La sexta razón es porque nos crían en el alma la virtud de la esperanza, que puesto que los sujetos a esta ley de amores mucho penen, siempre esperan: esperan en su fe, esperan en su firmeza, esperan en la piedad de quien los pena, esperan en la condición de quien los destruye, esperan en la ventura. Pues quien tiene esperanza donde recibe

consideram vício os ultrajes, estimam mais o elogio da amada que o prêmio de uma longa vida. Por elas se travam e concluem feitos formidáveis, e a fortaleza de alma ocupa o lugar que merece. Aqui bem se pode ver se lhes somos ou não devedores.

O quinto motivo é porque tanto nos abastecem das virtudes teológicas como das chamadas cardeais. E para mencionar a primeira, que é a fé, embora alguns nela não cressem, quando enamorados acreditariam em Deus e louvariam seu poder, porque foi capaz de criar essa que para eles se apresenta com tanta excelência e formosura. Além disso, os apaixonados, tão afeitos estão à fé e a professam, que de tanto praticá-la no coração, conhecem e creem com mais firmeza em Deus. E para que quem os castiga não os suponha maus cristãos — o que é marca ruim no homem — fazem-se católicos tão devotos que nenhum apóstolo lhes leva vantagem.

O sexto motivo é porque elas nos despertam na alma a virtude da esperança, pois, embora os que estão subjugados à lei dos amores sofram muito, não perdem nunca a esperança: confiam na sua fé, confiam na sua firmeza, confiam na piedade de quem os faz sofrer, confiam no caráter de quem os destrói, confiam na sorte. Ora, se têm esperança em quem lhes traz

pasión, ¿cómo no la tendrá en Dios, que le promete descanso? Sin duda haciéndonos mal nos aparejan el camino del bien, como por experiencia de lo dicho parece.

La séptima razón es porque nos hacen merecer la caridad, la propiedad de la cual es amor: esta tenemos en la voluntad, esta ponemos en el pensamiento, esta traemos en la memoria, esta firmamos en el corazón... Y como quiera que los que amamos la usemos por el provecho de nuestro fin, de él nos redunda que con viva contrición la tengamos para con Dios, porque trayéndonos amor a estrecho de muerte, hacemos limosnas, mandamos decir misas, ocupámosnos en caritativas obras porque nos libre de nuestros crueles pensamientos. Y como ellas de su natural son devotas, participando con ellas es forzado que hagamos las obras que hacen.

La octava razón, porque nos hacen contemplativos, que tanto nos damos a la contemplación de la hermosura y gracias de quien amamos, y tanto pensamos en nuestras pasiones, que cuando queremos contemplar la de Dios, tan tiernos y quebrantados tenemos los corazones que sus llagas y tormentos parece que recibimos en nosotros mismos, por donde se conoce que también por aquí nos ayudan para alcanzar la perdurable holganza.

sofrimento, como não a terão em Deus, que lhes promete descanso? Sem dúvida que, causando-nos mal, elas nos preparam o caminho do bem, como se infere do que foi dito.

O sétimo motivo é porque elas nos fazem merecedores da caridade, cuja essência é o amor. E temos a caridade na vontade, colocamo-la no pensamento, trazemo-la na memória, e a firmamos no coração... E porque nós que amamos a usamos em proveito próprio, resulta-nos que mui contritamente a pratiquemos para com Deus; e aproximando-nos o amor da morte, fazemos esmolas, mandamos rezar missas, ocupamo-nos em obras caritativas, que nos afastem dos maus pensamentos. E sendo as mulheres de seu natural devotas, convivendo com elas é forçoso que pratiquemos as obras que praticam.

O oitavo motivo é porque elas nos tornam contemplativos: tanto nos entregamos à contemplação da formosura e graças de quem amamos, tanto vivemos nossas paixões que, quando queremos contemplar a de Deus, nossos corações se mostram tão ternos e apaziguados, que é como se recebêssemos em nós mesmos suas chagas e tormentos — mais uma prova de que as mulheres nos ajudam a alcançar a paz permanente.

La novena razón es porque nos hacen contritos, que como siendo penados pedimos con lágrimas y suspiros nuestro remedio, acostumbrados en aquello, yendo a confesar nuestras culpas, así gemimos y lloramos que el perdón de ellas merecemos.

La decena es por el buen consejo que siempre nos dan, que a las veces acaece hallar en su presto acordar lo que nosotros cumple largo estudio y diligencia buscamos. Son sus consejos pacíficos sin ningún escándalo: quitan muchas muertes, conservan las paces, refrenan la ira y aplacan la saña. Siempre es muy sano su parecer.

La oncena es porque nos hacen honrados: con ellas se alcanzan grandes casamientos con muchas haciendas y rentas. Y porque alguno podría responderme que la honra está en la virtud y no en la riqueza, digo que tan bien causan lo uno como lo otro. Pónennos presunciones tan virtuosas que sacamos de ellas las grandes honras y alabanzas que deseamos, por ellas estimamos más la vergüenza que la vida, por ellas estudiamos todas las obras de nobleza, por ellas las ponemos en la cumbre que merecen.

La docena razón es porque apartándonos de la avaricia nos juntan con la libertad, de cuya obra ganamos las voluntades de todos, que como largamente

O nono motivo é porque elas nos fazem arrependidos; pois, quando temos dor, com lágrimas e suspiros pedimos nosso remédio; da mesma forma, indo confessar nossos pecados, igualmente gememos e choramos tanto que logramos o perdão deles.

O décimo é pelos bons conselhos que elas sempre nos dão; a tal ponto que às vezes acontece de, com sua pronta ajuda acharmos o que buscávamos com tanto empenho e diligência. Seus conselhos são serenos, isentos de extravagância: evitam muitas mortes, mantêm a paz, tolhem a ira e apaziguam a raiva. São sempre saudáveis suas opiniões.

O undécimo é porque nos tornam honrados: com elas se realizam grandes casamentos, portadores de muitos bens e rendas. E a quem me contrapusesse que a honra se acha na virtude e não na riqueza, respondo que tanto uma como outra a promovem. Fazem-nos ter pretensões tão virtuosas, que delas obtemos as grandes honras e os elogios que almejamos; por elas apreciamos mais o pudor que a vida; por elas aprendemos todos os atos de nobreza; por elas os colocamos no merecido pedestal.

O duodécimo motivo é porque, afastando-nos da avareza, elas nos aproximam da liberdade, que nos proporciona a simpatia de todos; fazendo-nos gastar

nos hacen depender lo que tenemos, somos alabados y tenidos en mucho amor, y en cualquier necesidad que nos sobrevenga recibimos ayuda y servicio. Y no sólo nos aprovechan en hacernos usar la franqueza como debemos, mas ponen lo nuestro en mucho recaudo, porque no hay lugar donde la hacienda esté más segura que en la voluntad de las gentes.

La trecena es porque acrecientan y guardan nuestros haberes y rentas, las cuales alcanzan los hombres por ventura y consérvanlas ellas con diligencia.

La catorcena es por la limpieza que nos procuran, así en la persona como en el vestir, como en el comer, como en todas las cosas que tratamos.

La quincena es por la buena crianza que nos ponen, una de las principales cosas de que los hombres tienen necesidad. Siendo bien criados usamos la cortesía y esquivamos la pesadumbre, sabemos honrar los pequeños, sabemos tratar los mayores. Y no solamente nos hacen bien criados, mas bien quistos, porque como tratamos a cada uno como merece, cada uno nos da lo que merecemos.

La razón dieciséis es porque nos hacen ser galanes: por ellas nos desvelamos en el vestir, por ellas estudiamos en el traer, por

prodigamente o que possuímos, somos louvados e mui estimados, e em nos sobrevindo qualquer necessidade, recebemos ajuda e préstimos. Não nos ajudam apenas fazendo-nos praticar a franqueza, mas também garantindo a segurança do que é nosso, porque não há lugar mais seguro para os bens do que a vontade das pessoas.

O décimo terceiro é porque elas ampliam e guardam nossos bens e rendas, que os homens acumulam através de aventuras, mas elas conservam diligentemente.

O décimo quarto é pelo asseio que nos facultam, tanto em nossa própria pessoa, como em nossas vestes, tanto no comer, como em tudo que manipulamos.

O décimo quinto é por nos imporem a boa educação, que é uma das coisas principais de que carecem os homens. Sendo bem educados, empregamos a cortesia e evitamos a grosseria, respeitamos os pequenos e aprendemos a lidar com os grandes. Elas não somente nos tornam bem educados como ainda benquistos, pois, tratando cada um como merece, também de cada um recebemos o que merecemos.

O motivo dezesseis é porque elas nos fazem galantes: por causa delas nos esmeramos no vestir, por elas cuidamos de nossa aparência, por elas nos enfeitamos,

ellas nos ataviamos de manera que ponemos por industria en nuestras personas la buena disposición que naturaleza algunos negó. Por artificio se enderezan los cuerpos, puliendo las ropas con agudeza, y por el mismo se pone cabello donde fallece, y se adelgazan o engordan las piernas si conviene hacerlo. Por las mujeres se inventan los galanes entretales, las discretas bordaduras, las nuevas invenciones. De grandes bienes por cierto son causa.

La diecisiete razón es porque nos conciertan la música y nos hacen gozar de las dulcedumbres de ella: ¿por quién se sueñan las dulces canciones?, ¿por quién se cantan los lindos romances?, ¿por quién se acuerdan las voces?, ¿por quién se adelgazan y sutilizan todas las cosas que en el canto consisten?

La dieciochena, es porque crecen las fuerzas a los braceros, la maña a los luchadores, y la ligereza a los que voltean, corren, saltan y hacen otras cosas semejantes.

La diecinueve razón es porque afinan las gracias: los que, como es dicho, tañen y cantan por ellas, se desvelan tanto, que suben a lo más perfecto que en aquella gracia se alcanzan. Los trovadores ponen por ellas tanto estudio en lo que trovan, que lo bien dicho hacen parecer mejor, y en tanta manera se adelgazan,

acrescentando com habilidade às nossas pessoas detalhes bons que nos negou a natureza. Com jeito e gosto embelezam-se os corpos, polindo as roupas com finura, e de igual modo pondo cabelos onde eles faltam, e emagrecendo ou engordando as pernas, de acordo com a conveniência. Por amor das mulheres se inventam os enfeites elegantes, os bordados comedidos e outras novidades; são elas, sem dúvida, responsáveis por grandes bens.

O décimo sétimo motivo é porque elas nos predispõem para a música, fazendo-nos usufruir de sua doçura. Quem inspira as doces canções? Por quem se cantam os lindos romances? Por quem se harmonizam as vozes? Por quem se suavizam e se tornam diáfanos todos os elementos que compõem o canto?

O décimo oitavo é porque elas aumentam as forças dos trabalhadores, a destreza dos lutadores, a ligeireza dos que fazem piruetas, correm, saltam e praticam habilidades que tais.

O décimo nono motivo é porque elas apuram as graças: aqueles que, como se disse, tocam e cantam para elas, a tal ponto se desvelam, que atingem o ápice possível dessas artes. Os trovadores laboram tanto suas trovas, que fazem parecer melhor o que já dizem bem, e tornam-se tão sutis que, aquilo que de

que propiamente lo que sienten en el corazón ponen por nuevo y galán estilo en la canción, invención o copla que quieren hacer.

La veintena y postrimera razón es
porque somos hijos de mujeres, de cuyo
respeto les somos más obligados que
por ninguna razón de las dichas ni de
cuantas se puedan decir.

Diversas razones
había para mostrar lo mucho que a esta
nación somos los hombres en cargo, pero la
disposición mía no me da lugar a que todas
las diga. Por ellas se ordenaron
las reales justas, los pomposos torneos
y las alegres fiestas; por ellas aprovechan
las gracias y se acaban, y comienzan
todas las cosas de gentileza.

No sé causa por que de nosotros deban ser afeadas. ¡Oh culpa merecedora de grave castigo, que porque algunas hayan piedad de los que por ellas penan, les dan tal galardón! ¿A qué mujer de este mundo no harán compasión las lágrimas que vertemos, las lástimas que decimos, los suspiros que damos?, ¿cuál no creerá las razones juradas?, ¿cuál no creerá la fe certificada?, ¿a cuál no moverán las dádivas grandes?, ¿en cuál corazón no harán fruto las alabanzas debidas?, ¿en cuál voluntad no hará mudanza la firmeza cierta?, ¿cuál se podrá

fato sentem no coração, conseguem expressar em estilo novo e galante na canção, invenção ou copla que compõem.

O vigésimo e último motivo é porque somos filhos de mulheres, disso nos resultando maior obrigação de respeito por elas do que em decorrência de todos os motivos antes aduzidos ou de quantos se possam aduzir.

Diversas outras razões
se poderiam expor, justificando o quanto
estamos obrigados às mulheres; meu estado
de espírito, porém, não permite que as diga todas.
Em consideração às mulheres se ordenaram as justas
reais, os torneios pomposos e as alegres festas;
por elas se usufruem as graças e nelas
começam e terminam
todos os atos gentis.

Não encontro pretexto algum para que possam ser denegridas por nós homens. Ó culpa digna de pesado castigo! — pois algumas mulheres se apiedam dos que por elas sofrem, e são dessa maneira recompensadas! A que mulher deste mundo não compadecerão as lágrimas que vertemos, os lamentos que dizemos, os suspiros que soltamos? Qual desacreditará dos juramentos feitos? Qual duvidará da confiança confirmada? A qual não comoverão os grandes presentes? Em que coração não frutificarão os devidos elogios? Qual vontade não se abalará com

defender del continuo seguir? Por cierto, según las
armas con que son combatidas, aunque las
menos se defendiesen, no era cosa de
maravillar, y antes deberían ser las
que no pueden defenderse
alabadas por piadosas
que retraídas
por
culpadas.

a constância convincente? Qual delas conseguirá
defender-se do assédio permanente? Sem
dúvida que, dadas as armas pelas quais
são atacadas, não é de espantar que
poucas se defendam; e as que
não podem defender-se
deveriam ser elogiadas
como piedosas e não
recriminadas
como
culpadas.

Prueba por ejemplos la bondad de las mujeres

Para que las loadas virtudes de esta nación fueran tratadas según merecen hubiese de poner mi deseo en otra plática, porque no turbase mi lengua ruda su bondad clara, como quiera que ni loor pueda crecerla ni malicia apocarla, según su propiedad. Si hubiese de hacer memoria de las castas y vírgenes pasadas y presentes, convenía que fuese por divina revelación, porque son y han sido tantas que no se pueden con el seso humano comprender. Pero diré de algunas que he leído, así cristianas como gentiles y judías, por ejemplificar con las pocas la virtud de las muchas.

En las autorizadas por santas por tres razones no quiero hablar. La primera, porque lo que a todos es manifiesto parece simpleza repetirlo. La segunda, porque la Iglesia les da debida y universal alabanza. La tercera, por no poner en tan malas palabras tan

Prova da bondade das mulheres através de exemplos

Para que as virtudes louváveis desta classe de pessoas fossem tratadas como merecem, deveria eu agir de outra maneira, de sorte que a bondade evidente delas não atropelasse minha língua rude, embora, por sua natureza, nem o louvor pode engrandecê-las nem a malícia apequená-las. Se fosse para lembrar as mulheres castas e as virgens do passado e do presente, conviria recorrer à inspiração divina, porque são e têm sido tantas, que é impossível abrangê-las com a razão humana. Falarei, porém, de algumas sobre as quais li, tanto cristãs como pagãs e judias, para, através de poucas, exemplificar a virtude de muitas.

Por três motivos não quero falar das reconhecidamente santas. Primeiro, porque seria simplório repetir o que é óbvio; segundo, porque a Igreja já lhes faz o devido e universal elogio; terceiro, para não empregar pobres palavras com tão excelsa bondade, em

excelente bondad, en especial la de Nuestra Señora, que cuantos doctores, devotos y contemplativos en ella hablaron no pudieron llegar al estado que merecía la menor de sus excelencias. Así que me bajo a lo llano donde más libremente me puedo mover.

De las castas gentiles comenzaré en Lucrecia, corona de la nación romana, la cual fue mujer de Colatino, y siendo forzada de Tarquino hizo llamar a su marido, y venido donde ella estaba, díjole:

— Sabrás, Colatino, que pisadas de hombre ajeno ensuciaron tu lecho, donde, aunque el cuerpo fue forzado, quedó el corazón inocente, porque soy libre de la culpa; mas no me absuelvo de la pena, porque ninguna dueña por ejemplo mío pueda ser vista errada.

Y acabando estas palabras acabó con un cuchillo su vida.

Porcia fue hija del noble Catón y mujer de Bruto, varón virtuoso, la cual sabiendo la muerte de él, aquejada de grave dolor, acabó sus días comiendo brasas por hacer sacrificio de sí misma.

Penélope fue mujer de Ulises, e ido él a la guerra troyana, siendo los mancebos de Ítaca aquejados de su hermosura, pidiéronla muchos de ellos en casamiento; y deseosa de guardar castidad a su marido, para

particular a de Nossa Senhora, porquanto todos os doutores, devotos e contemplativos que a louvaram, não conseguiram alcançar o merecimento da menor de suas excelências. Daí porque desço ao rés do chão onde mais livremente me posso mexer.

Das mulheres castas pagãs, começarei por Lucrécia, coroa da nação romana, mulher de Colatino, a qual, sendo violentada por Tarquínio, chamou o marido e diante dele disse:

— Saibas, Colatino, que pés de outro homem sujaram teu leito onde, embora meu corpo tenha sido violado, meu coração permaneceu inocente, o que me faz livre de culpa. Mas não me esquivo ao castigo, a fim de que nenhuma mulher, graças a meu exemplo, seja olhada como culpada.

Ditas tais palavras, pôs fim à vida com um punhal.

Pórcia foi filha do nobre Catão e mulher de Bruto, varão virtuoso; sabendo da morte deste, abatida de infinita dor, acabou seus dias engolindo brasas, como forma de autossacrifício.

Penélope era mulher de Ulisses. Quando ele foi para a guerra de Tróia, os jovens de Ítaca impressionaram-se com a beleza dela e muitos a pediram em casamento. Decidida a guardar a castidade para seu marido, e para

defenderse de ellos dijo que la dejasen cumplir una tela, como acostumbraban las señoras de aquel tiempo esperando a sus maridos, y que luego haría lo que le pedían. Y como le fuese otorgado, con astucia sutil lo que tejía de día deshacía de noche, en cuya labor pasaron veinte años, después de los cuales venido Ulises, viejo, solo, destruido, así lo recibió la casta dueña como si viniera en fortuna de prosperidad.

Julia, hija del César, primer emperador en el mundo, siendo mujer de Pompeo, en tanta manera lo amaba, que trayendo un día sus vestiduras sangrientas, creyendo ser muerto, caída en tierra súbitamente murió.

Artemisa, entre los mortales tan alabada, como fuese casada con Manzol, rey de Icaria, con tanta firmeza le amó que después de muerto le dio sepultura en sus pechos, quemando sus huesos en ellos, la ceniza de los cuales poco a poco se bebió, y después de acabados los oficios que en el acto se requerían, creyendo que se iba para él matose con sus manos.

Argia fue hija del rey Adrastro y casó con Pollinices, hijo de Edipo, rey de Tebas. Y como Pollinices en una batalla a manos de su hermano muriese, sabido de ella, salió de Tebas sin temer la impiedad de sus enemigos ni la braveza de las fieras bestias, ni la ley del emperador, la

proteger-se contra os solicitantes, disse-lhes que a deixassem terminar o tecido que, como era praxe daquele tempo, teciam as mulheres que aguardavam os maridos; tão logo o completasse, atenderia ao que lhe pediam. Acolhida sua solicitação, ela, com sutil astúcia, desfazia de noite o que de dia tecera, e nesse trabalho passaram-se vinte anos, depois dos quais, retornando Ulisses, velho, só e derrotado, recebeu-o a casta senhora, como se ele chegasse coroado de prosperidade.

Júlia, filha de César, primeiro imperador do mundo, amava tanto a seu marido Pompeu que, recebendo certo dia suas veste manchadas de sangue e julgando-o morto, caiu subitamente morta no chão.

Artemisa, tão louvada entre os mortais, casada com Manzol, rei da Icária, amou-o com tal determinação que, depois de morto, deu-lhe sepultura em seus seios, neles queimando seus ossos, cujas cinzas bebeu aos poucos. E terminados os ofícios fúnebres, esperando encontrar-se com ele, matou-se com as próprias mãos.

Argia, filha do rei Adastro, casou-se com Polinices, filho de Édipo, rei de Tebas. Em batalha, Polinices morreu nas mãos do irmão; ciente disso, ela saiu de Tebas, sem temer a impiedade dos inimigos nem a ferocidade dos animais selvagens, nem a lei do imperador, que proibia

cual vedaba que ningún cuerpo muerto se levantase del campo. Fue por su marido en las tinieblas de la noche, y hallándolo ya entre otros muchos cuerpos llevolo a la ciudad, y haciéndole quemar, según su costumbre, con amargas lágrimas hizo poner sus cenizas en una arca de oro, prometiendo su vida a perpetua castidad.

Hipola greciana, navegando por la mar, quiso su mala fortuna que tomasen su navío los enemigos, los cuales, queriendo tomar de ella más parte que les daba, conservando su castidad hízose a la una parte del navío, y dejada caer en las ondas pudieron ahogar a ella, mas no la fama de su hazaña loable.

No menos digna de loor fue su mujer de Admeto, rey de Tesalia, que sabiendo que era profetizado por el dios Apolo que su marido recibiría muerte si no hubiese quien voluntariamente la tomase por él, con alegre voluntad, porque el rey viviese, dispuso de matarse.

De las judías, Sara, mujer del padre Abraham, como fuese presa en poder del rey Faraón, defendiendo su castidad con las armas de la oración, rogó a Nuestro Señor la librase de sus manos, el cual, como quisiese acometer con ella toda maldad, oída en el cielo su petición, enfermó el rey. Y conocido que por su

fosse qualquer corpo retirado do campo de batalha. Saiu em busca do marido em meio às trevas da noite, e achando-o entre muitos outros, levou-o à cidade. Conforme os costumes, com lágrimas de amargura mandou queimá-lo e pôr-lhe as cinzas numa arca de ouro, jurando castidade perpétua para sua vida.

Navegando a grega Hípola pelo mar, quis a má sorte que os inimigos tomassem o seu navio, e dela querendo tomar mais do que lhes dava, para conservar a castidade afastou-se a um canto de navio e deixou-se cair nas ondas: conseguiram assim afogá-la, mas não ao renome de seu gesto louvável.

Não menos digna de louvor foi a mulher de Admeto, rei da Tessália: ciente da profecia do deus Apolo de que seu marido morreria, se não surgisse alguém que voluntariamente lhe tomasse o lugar, alegremente se dispôs a matar-se para que o rei vivesse.

Entre as judias, Sara, mulher do pai Abraão, caindo presa em poder do rei Faraó, defendeu sua castidade com as armas da oração: rogou a Nosso Senhor a livrasse das mãos do rei que, desejoso de submetê-la a toda maldade, mas ouvido no céu o pedido, caiu doente. Em sabendo que a doença decorria de sua

mal pensamiento adolecía, sin ninguna mancilla la mandó liberar.

Débora, dotada de tantas virtudes, mereció haber espíritu de profecía y no solamente mostró su bondad en las artes mujeriles, mas en las feroces batallas, peleando contra los enemigos con virtuoso ánimo. Y tanta fue su excelencia que juzgó cuarenta años al pueblo judaico.

Ester, siendo llevada a la cautividad de Babilonia, por su virtuosa hermosura fue tomada para mujer de Asuero, rey que señoreaba a la sazón ciento veintisiete provincias, la cual por sus méritos y oración libró los judíos de la cautividad que tenían.

Su madre de Sansón, deseando haber hijo, mereció por su virtud que el ángel le revelase su nacimiento de Sansón.

Elisabel, mujer de Zacarías, como fuese verdadera sierva de Dios, por su merecimiento hubo hijo santificado antes que naciese, el cual fue san Juan.

De las antiguas cristianas, más podría traer que escribir, pero por la brevedad alegaré algunas modernas de la castellana nación.

Doña María Cornel, en quien se comenzó el linaje de los Corneles, porque su castidad fuese loada y su

má intenção, mandou libertar Sara sem a menor mácula.

Dotada de tantas virtudes, Débora mereceu o dom da profecia, e não só exibiu seus dotes das artes femininas, como também nas renhidas batalhas, combatendo os inimigos com exemplar coragem. Tamanho foi seu talento que durante quarenta anos orientou o povo judeu.

Ester, levada como escrava a Babilônia, graças a sua virtuosa beleza foi tomada como mulher por Assuero, rei que governava então cento e vinte e sete províncias. Por seus méritos e preces, Ester livrou os judeus do cativeiro que padeciam.

Desejando ter filho, a mãe de Sansão mereceu por suas virtudes que o anjo lhe revelasse o nascimento de Sansão.

Isabel, mulher de Zacarias, verdadeira serva de Deus que era, por seus méritos teve abençoado antes do nascimento a seu filho, que foi São João.

Das cristãs antigas, muitas poderia trazer, mas para me não alongar, lembrarei algumas modernas da nação castelhana.

Dona Maria Cornel, que deu origem à linhagem dos Corneles, para que sua castidade fosse louvada e brilhasse

bondad no oscurecida, quiso matarse con fuego, habiendo menos miedo a la muerte que a la culpa.

Doña Isabel, madre que fue del maestre de Calatrava don Rodrigo Téllez Girón y de los dos condes de Hurueña, don Alonso y don Juan, siendo viuda enfermó de una grave dolencia, y como los médicos procurasen su salud, conocida su enfermedad hallaron que no podía vivir si no casase; lo cual, como de sus hijos fuese sabido, deseosos de su vida, dijéronle que en todo caso recibiese marido, a lo cual ella respondió:

— Nunca plega a Dios que tal cosa yo haga, que mejor me es a mí muriendo ser dicha madre de tales hijos que viviendo mujer de otro marido». Y con esta casta consideración así se dio al ayuno y disciplina, que cuando murió fueron vistos misterios de su salvación.

Doña Mari García, la Beata, siendo nacida en Toledo del mayor linaje de toda la ciudad, no quiso en su vida casar, guardando en ochenta años que vivió la virginal virtud, en cuya muerte fueron conocidos y averiguados grandes milagros, de los cuales en Toledo hay ahora y habrá para siempre perpetuo recuerdo.

Oh, pues de las vírgenes gentiles que podría decir. Eritrea, sibila nacida en Babilonia, por su mérito profetizó

sua bondade, deixou-se matar pelo fogo, tendo menos medo da morte que do pecado.

Dona Isabel, mãe do mestre de Calatrava, D. Rodrigo Téllez Girón e dos condes de Hurueña, D. Alonso e D. Juan, depois de viúva, adoentou-se de grave mal. Buscando o médico sua cura e descobrindo a doença, acharam que só viveria se novamente se casasse. Sabedores disso e desejosos de sua vida, insistiram-lhe os filhos que tomasse cônjuge. Respondeu ela:

— Praza a Deus que jamais eu faça isso; melhor me será morrer e ser dita mãe de tais filhos do que viver e ser chamada mulher de outro marido.

E com essa casta consideração entregou-se ao jejum e disciplina, de sorte que ao morrer se viram os mistérios de sua salvação.

Dona Mari Garcia, a Beata, tendo nascido da maior linhagem de toda a cidade de Toledo, não quis durante a vida casar, guardando nos oitenta anos de vida a virtude virginal. À sua morte, grandes milagres foram vistos e confirmados, dos quais ainda hoje e para sempre se guarda em Toledo perpétua recordação.

Oh! E o que falar das virgens pagãs?! Eritreia, sibila nascida na Babilônia, graças a seus méritos e por

por revelación divina muchas cosas advenideras, conservando limpia virginidad hasta que murió. Palas o Minerva, vista primeramente cerca de la laguna de Tritonio, nueva inventora de muchos oficios de los mujeriles y aun de algunos de los hombres, virgen vivió y acabó. Atalante, la que primero hirió el puerco de Calidón, en la virginidad y nobleza le pareció. Camila, hija de Matabo, rey de los bolsques, no menos que las dichas sostuvo entera virginidad. Claudia vestal, Clodia, romana, aquella misma ley hasta la muerte guardaron. Por cierto, si el alargar no fuese enojoso, no me fallecerían de aquí a mil años virtuosos ejemplos que pudiese decir.

En verdad, Tefeo,

según lo que has oído, tú y los que blasfemáis de todo linaje de mujeres sois dignos de castigo justo, el cual no esperando que nadie os lo dé, vosotros mismos lo tomáis, pues usando la malicia condenáis la vergüenza.

revelação divina, profetizou muitas coisas futuras, guardando íntegra a virgindade até morrer. Palas ou Minerva, vista pela primeira vez perto da lagoa de Tritônio, outra inventora de muitos ofícios femininos, e mesmo de alguns masculinos, viveu virgem e virgem morreu. Atalante, a primeira a ferir o imundo Calidão, mostrou-se-lhe em sua virgindade e nobreza. Camila, filha de Matabo, rei dos bolscos, não menos do que as já citadas, sustentou absoluta virgindade. A vestal Cláudia e a romana Clódia, aquela mesma lei observaram até a morte. Se prosseguir não fosse aborrecido, por certo me não faltariam exemplos que pudesse aduzir durante mil anos.

Verdadeiramente, Tefeu,

segundo o que ouviste, tu e os que blasfemam contra as mulheres, sois merecedores de justo castigo, o qual, sem esperardes que alguém vo-los aplique, vós mesmos o tomais, pois, usando de malícia, condenais o pudor.

Vuelve el autor a la historia

Mucho fueron maravillados los que se hallaron presentes oyendo el concierto que Leriano tuvo en su habla, por estar tan cercano a la muerte, en cuya sazón las menos veces se halla sentido, el cual, cuando acabó de hablar, tenía ya turbada la lengua y la vista casi perdida. Ya los suyos, no pudiéndose contener, daban voces; ya sus amigos comenzaban a llorar; ya sus vasallos y vasallas gritaban por las calles; ya todas las cosas alegres eran vueltas en dolor. Y como su madre, siendo ausente, siempre le fuese el mal de Leriano negado, dando más crédito a lo que temía que a lo que le decían, con ansia de amor maternal, partida de donde estaba, llegó a Susa en esta triste coyuntura. Y entrada por la puerta todos cuantos la veían le daban nuevas de su dolor, más con voces lastimeras que con razones ordenadas, la cual, oyendo que Leriano estaba en la agonía mortal, falleciéndole la fuerza, sin ningún sentido cayó en el suelo, y tanto estuvo sin acuerdo que todos pensaban que a la madre y al hijo enterrarían a un tiempo. Pero ya que con grandes remedios le restituyeron el conocimiento, fuese al hijo, y después que con traspasamiento de muerte, con muchedumbre de lágrimas le vivió el rostro, comenzó en esta manera a decir:

Retorna o autor à história

Muito se maravilharam os que estavam presentes ao ouvir as ponderações do discurso de Leriano, que estava tão perto de morrer; nessas circunstâncias raramente se conserva a consciência e ele, quando terminou de falar, tinha a língua insegura e a vista quase extinta. Incapazes de conter-se, os seus se lamentavam; os servos e servas gritavam pelas ruas, e toda alegria convertia-se em dor. À sua mãe ausente, escondiam sempre o mal de Leriano; ela, no entanto, acreditando mais em seus próprios receios do que no que lhe diziam, com ímpeto de amor maternal, partiu de onde estava e chegou a Susa, justamente nessa triste conjuntura. Mal atravessou a porta, todos que a viam davam notícias de sua dor, mais com palavras de lamento do que com palavras ponderadas. Ouvindo que Leriano estava em agonia mortal, faleceram-lhe as forças e ela desabou desmaiada no chão. Tanto tempo ficou desacordada, que pensavam todos a um só tempo enterrarem mãe e filho. Todavia, com fortes remédios reanimada, dirigiu-se aonde estava o filho, e então, num desespero mortal e lavando-lhe o rosto com uma torrente de lágrimas, pôs-se a falar assim:

Llanto de su madre de Leriano

— ¡Oh alegre
descanso de mi vejez,
oh dulce hartura
de mi voluntad!

Lamento da mãe de Leriano

— Ó alegre repouso
de minha velhice!
Ó doce fartura
de minha vontade!

Hoy dejas de decirte hijo, y yo de más llamarme madre, de lo cual tenía temerosa sospecha por las nuevas señales que en mí vi de pocos días a esta parte. Acaecíame muchas veces, cuando más la fuerza del sueño me vencía, recordar con un temblor súbito que hasta la mañana me duraba. Otras veces, cuando en mi oratorio me hallaba rezando por tu salud, desfallecido el corazón, me cubría de un sudor frío, en manera que desde a gran pieza tornaba en acuerdo. Hasta los animales me certificaban tu mal. Saliendo un día de mi cámara vínose un can para mí y dio tan grandes aullidos, que así me corté el cuerpo y el habla que de aquel lugar no podía moverme. Y con estas cosas daba más crédito a mi sospecha que a tus mensajeros, y por satisfacerme acordé de venir a verte, donde hallo cierta la fe que di a los agüeros. ¡Oh lumbre de mi vista, oh ceguedad de ella misma, que te veo morir y no veo la razón de tu muerte. Tú en edad para vivir, tú temeroso de Dios, tú amador de la virtud, tú enemigo del vicio, tú amigo de los amigos, tú amado de los tuyos! Por cierto, hoy quita la fuerza de tu fortuna los derechos a la razón, pues mueres sin

Deixas hoje de dizeres-te filho e eu de continuar a chamar-me mãe, coisa de que já nutria temerosa suspeita, de uns dias para cá, em decorrência de sintomas novos que percebi em mim. Acontecia-me muitas vezes, quando o peso do sono mais me abatia, ter lembranças que me provocavam súbito tremor e que duravam até o amanhecer. Outras vezes, estando a rezar em meu oratório por tua salvação, fraquejava-me o coração e banhava-me um suor frio — e eu só me recompunha passado grande período. Até os animais me certificavam de teu mal: saindo certo dia do meu quarto, aproximou-se de mim um cão e latiu tão ferozmente, que estaquei queda e muda, sem dali poder mover-me. Por isso tudo, dava mais crédito a minhas suspeitas do que a teus mensageiros, e para aliviar-me decidi vir ver-te: eis que acho confirmado o crédito que dei aos augúrios. Ó luz de meus olhos, ó cegeira deles também! Vejo-te morrer e não vejo a razão de tua morte. Tu, em idade para viver; tu, temente a Deus; tu, amante da virtude; tu, inimigo do vício; tu, amigo dos amigos; tu, amado dos teus! Com certeza, hoje a força de teu destino rouba os direitos do raciocínio, pois, morres fora de hora e sem doença. Bem-aventurados os de baixa

tiempo y sin dolencia. Bienaventurados los bajos de condición y rudos de ingenio, que no pueden sentir las cosas sino en el grado que las entienden, y malaventurados los que con sutil juicio las trascienden, los cuales con el entendimiento agudo tienen el sentimiento delgado. Pluguiera a Dios que fueras tú de los torpes en el sentir, que mejor me estuviera ser llamada con tu vida madre del rudo que no a ti por tu fin hijo que fue de la sola. ¡Oh muerte, cruel enemiga, que ni perdonas los culpados ni absuelves los inocentes! Tan traidora eres, que nadie para contigo tiene defensa. Amenazas para la vejez y llevas en la mocedad. A unos matas por malicia y a otros por envidia. Aunque tardas, nunca olvidas. Sin ley y sin orden te riges. Más razón había para que conservases los veinte años del hijo mozo que para que dejases los sesenta de la vieja madre. ¿Por qué volviste el derecho al revés? Yo estaba harta de ser viva y él en edad de vivir. Perdóname porque así te trato, que no eres mala del todo, porque si con tus obras causas los dolores, con ellas mismas los consuelas llevando a quien dejas con quien llevas, lo que si conmigo haces, mucho te seré obligada. En la muerte de Leriano no hay

condição e parcos de erudição, incapazes de sentir as coisas a não ser até onde as alcançam; e desgraçados dos que com sutil reflexão as transcendem — estes têm a inteligência aguda mas frágil o sentimento. Prouvera a Deus fosses dos lentos em sentir, pois eu preferiria ser chamada mãe do simplório, tendo-te vivo, a que, ficando sem ti, venham a dizer: filho da que ficou só. Ó morte, inimiga cruel, que nem perdoas os culpados nem absolves os inocentes! És tão traiçoeira, que ninguém escapa de ti. Ameaças na velhice e carregas na mocidade; a uns matas por maldade, a outros por inveja. Ainda que tardes, nunca te esqueces. Ages sem lei nem ordem. Mais razão havia para que conservasses os vinte anos do filho jovem do que para que deixasses os sessenta da velha mãe. Por que inverteste o que é certo? Eu estava cansada de estar viva e ele em idade de viver. Perdoa-me por te tratar assim, pois não és de todo má: se com tua ação provocas dores, com ela mesma tu as atenuas, levando a quem deixas com quem levas — se isto fizeres comigo, ficar-te-ei assaz penhorada. Quanto à morte de Leriano, não há esperança, mas com a minha encontrará consolo meu tormento. Ó filho meu! Que será de minha velhice

esperanza, y mi tormento con la mía recibirá consuelo. ¡Oh hijo mío! ¿qué será de mi vejez, contemplando en el fin de tu juventud? Si yo vivo mucho, será porque podrán más mis pecados que la razón que tengo para no vivir.

¿Con qué
puedo recibir pena
más cruel que con larga
vida? Tan poderoso fue tu mal
que no tuviste para con él ningún remedio,
ni te valió la fuerza del cuerpo, ni la virtud del
corazón, ni el esfuerzo del ánimo. Todas las cosas
de que te podías valer te fallecieron. Si por precio
de amor tu vida se pudiera comprar, más poder
tuviera mi deseo que fuerza la
muerte. Mas para librarte
de ella, ni tu fortuna quiso,
ni yo, triste, pude. Con dolor
será mi vivir, mi comer, mi pensar
y mi dormir, hasta que su
fuerza y mi deseo me lleven
a tu
sepultura.

contemplando o fim de tua juventude? Se vivo demasiado, será porque têm mais força meus pecados do que os motivos que tenho para não viver.

Como
poderei receber
maior castigo a não ser
vivendo muito? Tão poderoso
foi teu mal que não encontraste remédio
algum contra ele, nem te ajudou a força do corpo
nem o vigor do coração, nem a fortaleza do ânimo.
Tudo que te podia socorrer falhou-te. Pudesse tua vida
ser comprada com a moeda do amor, mais poder teria
meu desejo que força a morte.
Mas, livrar-te dela, nem o quis
tua sorte nem, coitada de mim,
o pude eu. Entre dores será meu viver,
meu comer, meu pensar e
meu dormir, até que sua força
e meu desejo me levem
à tua
sepultura.

El autor

El lloro que hacía su madre de Leriano crecía la pena a todos los que en ella participaban. Y como él siempre se acordase de Laureola, de lo que allí pasaba tenía poca memoria. Y viendo que le quedaba poco espacio para gozar de ver las dos cartas que de ella tenía, no sabía qué forma se diese con ellas. Cuando pensaba rasgarlas, parecíale que ofendería a Laureola en dejar perder razones de tanto precio; cuando pensaba ponerlas en poder de alguien suyo, temía que serían vistas, de donde para quien las envió se esperaba peligro. Pues tomando de sus dudas lo más seguro, hizo traer una copa de agua, y hechas las cartas pedazos echolos en ella. Y acabado esto, mandó que le sentasen en la cama, y sentado, bebióselas en el agua y así quedó contenta su voluntad.

Y llegada la hora de su fin, puestos en mí los ojos, dijo:

— Acabados son mis males.

O lamento que a mãe fazia de Leriano aumentava a dor de todos que participavam desse sofrimento. Mas ele, cujo pensamento só estava em Laureola, mal percebia o que à sua volta se passava. Sentindo que lhe sobrava pouco tempo para gozar o prazer de ver as duas cartas dela em seu poder, não sabia que destino dar-lhes. Se pensava rasgá-las, parecia-lhe que ofenderia Laureola, pondo a perder palavras tão preciosas; se pensava entregá-las a algum dos seus, temia fossem divulgadas, resultando em risco para quem as enviou. Buscando entre as dúvidas o mais seguro, mandou trazer uma taça com água e, picando as cartas, jogou-as dentro. Isso feito, mandou que o sentassem na cama e, sentado, bebeu-as com a água, apaziguando assim sua vontade.

No momento final, postos os olhos em mim, disse:

— Terminaram meus sofrimentos.

Y así quedó su muerte
en testimonio de su fe. Lo que yo sentí
e hice, ligero está de juzgar. Los lloros que
por él se hicieron son de tanta lástima que me
parece crueldad escribirlos. Sus honras fueron conformes a su merecimiento, las cuales acabadas, acordé de partirme. Por cierto con mejor voluntad caminara para la otra vida que para esta tierra: con suspiros caminé, con lágrimas partí, con gemidos hablé,
y con tales pensamientos llegué aquí a Peñafiel,
donde quedobesando
las manos de vuestra merced.

E assim lhe ficou a morte como testemunha de sua fidelidade. É fácil inferir o que senti e fiz. As lágrimas por sua morte derramadas são de tamanha dor, que julgo crueldade relatá-las. As homenagens prestadas estiveram à altura de seus méritos e, uma vez terminadas, decidi partir. Com certeza teria caminhado com mais vontade para a outra vida do que para esta terra: com suspiros caminhei, com lágrimas parti, com gemidos falei — e nesse estado de alma cheguei aqui a Peñafiel, onde permaneço, beijando as mãos de vossa mercê.

Acabose esta obra, intitulada

Cárcel de amor,

en la muy noble e muy leal ciudad de Sevilla,

a tres días de marzo, año de 1492,

por

cuatro compañeros alemanes.

FIN

Acabou-se esta obra, intitulada
Cárcere de amor,
na mui nobre e mui leal cidade de Sevilha,
aos três dias de março do ano de 1492,
por
quatro companheiros alemães.

FIM

Esta edição bilíngue de
Cárcel de amor
Cárcere do Amor
romance medieval de
Diego de San Pedro,
possivelmente pela primeira vez
posto em língua portuguesa
por
C. Giordano,
é iniciativa da
Biblioteca Paulo Masuti Levy,
realização da
Oficina do Livro
Rubens Borba de Moraes,
& produção de
Giordanus,
em coedição com a
Imprensa Oficial
do Estado de São Paulo
Outono 2010

Dados Internacionais de Catalogação na Publicação
Biblioteca da Imprensa Oficial

San Pedro, Diego de, fl. 1500
Cárcere de amor / Diego de San Pedro; tradução de C. Giordano – [São Paulo] : Imprensa Oficial do Estado de São Paulo : Oficina do Livro Rubens Borba de Moraes, [2010].
304 p. : il.

Edição bilíngue: português/espanhol.
Tradução de Cárcel do amor.
ISBN 978-85-7060-810-9
1. Literatura espanhola 2. Romance I. Giordano, C. II. Título.

CDD 863

Índice para catálogo sistemático:
1. Literatura espanhola 863

Foi feito o depósito legal na Biblioteca Nacional
(lei n° 10.994, de 14.12.2004)

Impresso no Brasil 2010

Imprensa Oficial do Estado de São Paulo
Rua da Mooca 1921 Mooca
03103 902 São Paulo SP Brasil
SAC 0800 0123 401
sac@imprensaoficial.com.bt
livros@imprensaoficial.com.br
www.imprensaoficial.com.br

Oficina do Livro Rubens Borba de Moraes
Caixa Postal 19022 – 04505-970 – São Paulo – S.P.
claudioliber@yahoo.com.br

Formato	**16 x 23 cm**
Tipologia	**Helvética, Garamond Bodoni, Impact**
Papel miolo	**Chamois fine 80g/m²**
Papel capa	**Duodesign 300g/m²**
Número de páginas	**304**
Tiragem	**2.000**

imprensaoficial

Diretor industrial
Teiji Tomioka

Diretor financeiro
Clodoaldo Pelissioni

Diretora de gestão de negócios
Lucia Maria Dal Medico

Gerente de produtos editoriais e institucionais
Vera Lúcia Wey

Coordenação editorial
Cecília Scharlach

Assistência editorial
Bia Lopes

Ctp, impressão e acabamento
Imprensa Oficial do Estado de São Paulo

Tradução, diagramação e projeto gráfico
Oficina do Livro Rubens Borba de Moraes

GOVERNO DO ESTADO
DE SÃO PAULO

Governador
ALBERTO GOLDMAN

IMPRENSA OFICIAL
DO ESTADO DE SÃO PAULO

Diretor-presidente
HUBERT ALQUÉRES